マドンナメイト文庫

巨乳叔母を寝取ることになった童貞の僕

殿井穂太

目次

contents

巨乳叔母を寝取ることになった童貞の僕

第一章　奸計の共犯者

1

「お兄ちゃんってば、子どもみたい。フフ……」

「あ……」

桐浦晴紀（きりうらはるき）はうろたえた。当然だ。年ごろの男なら誰だって、自分みたいになるはずだという自信すらある。

それほどまでに少女は魅力的だった。

桐浦葵（あおい）、十七歳。

二歳年下の美少女は、晴紀にとっては従妹（いとこ）に当たる。

血でつながっていることなど関係ない。晴紀にとって美貌の従妹は、いつしか特別な少女になっていた。

「ンフフ、かわいいかも」

(うわあ……)

かわいいかもとはこちらのセリフだ。

えくぼを作って微笑むと、葵は晴紀の口もとからつまんだ白米を自分の口へとためらうことなくそのまま運ぶ。

清潔感あふれるダイニングルーム。硬い朝の陽ざしが斜めから射しこんでいる。

(食べてくれてる。俺の口についたご飯を)

汚いとも思わないらしく、お米を咀嚼する可憐な少女に、甘酸っぱく胸を締めつけられた。心臓がバクバクとばかみたいに鼓動する。

可憐という言葉が、これほどふさわしい娘もいないと思っていた。

卵形の小顔は色白で、烏の濡れ羽色をしたロングの髪がポニーテールにまとめられている。

くりっと大きな両目はアーモンドのような形。

目尻が少しつり上がっている。

鼻すじがすっと通っていた。この鼻梁が可憐さと同時にこの少女に得も言われぬ高貴さも付与している。そのくせくちびるはぽってりと肉厚で、ふるいつきたくなるようなエロスを感じさせる。

(いかんいかん)

だが、いつまでも葵を見ているわけにはいかなかった。

ダイニングテーブルの葵の定位置は晴紀の隣なのである。晴紀はあわてて、少女の横顔から視線を引きはがす。

「晴紀、なんか困っていることないか」

対面に座る叔父の悟(さとる)が、もしゃもしゃとご飯を食べながら陽気な声で聞いた。

父の弟だ。晴紀が子どものころからかわいがってくれている大好きな叔父は、大手製剤企業で営業の仕事をしているエリート会社員である。

「あ、ううん。ありがとう、特になにも」

晴紀は食事に夢中なふりをし、叔父の顔を見もしないで返事をした。叔父が溺愛するひとり娘を、よこしまな気持ちで盗み見ていたうしろめたさがある。

「そうか。もうそろそろ二週間だな。早いもんだよな」

「そうね」

叔父は、自分の隣に座る女性に同意を求めた。

たおやかなその人は、叔父の妻。品のいい挙措で箸を使っている。夫にうなずき、晴紀と目があうと、色っぽく目を細めて柔和に微笑む。

（わわわ）

今度はその人に動揺することになった。

美しい娘と、これまた美人の奥さんに囲まれて暮らす叔父がうらやましくなるが、そうは言いつつ同時に思う。

自分なら、こんな環境ではとうてい落ちついて勉強もできないと。

「晴紀くん、遠慮なくおかわりしてね」

叔父の隣に座るその人は、やさしく晴紀に笑いかけ、鈴を転がすような声で言った。

「はい。ありがとうございます」

晴紀はまたしてもドギマギしつつ、会釈を返す。

桐浦真由子（まゆこ）、三十二歳。

一年半前にこの家に来た真由子は叔父の後妻。

葵にとっては継母（ままはは）に当たる。

つまり葵と真由子に血のつながりはない。だがどちらも年齢相応の魅力にあふれた、魅力的な美人である。

(ちっとも慣れない)

叔父たち家族の雑談に相づちを打ったりいっしょに笑ったりしながら、晴紀は心中でため息をついた。

悟の言うとおり、叔父の家に居候をさせてもらうようになって二週間になる。だが晴紀は、なかなかリラックスすることができないままだ。

いちばん大きな理由は、美しく成長した従妹の葵の存在。ふたつめの理由は、色っぽく魅力的な叔父の後妻、真由子にどう対していいのか、わからないままぎくしゃくしつづけているからだ。

晴紀は中部地方N県出身の大学生。

二浪のすえ、ようやく念願の大学に合格し、この春から東京都内にある学校に通うようになった。

暮らしはじめたのは、大学の近くにあった古いアパート。

ところがアパート内の別室でボヤが起き、晴紀もほかの部屋の住人たちと同様、アパートから焼けだされる災難に遭った。

新しい住居を探さなくてはならなくなった。そんな晴紀に救いの手を差し伸べてくれたのが父の弟の悟だった。

――ずっといていいぞとまでは言えないけど、次のアパートなりマンションなりが見つかるまでの間ぐらいなら、よかったらうちから通えよ。ちょっと大学まで遠くはなるけど、しばらくの間のことだ。

叔父はそう言って、快く晴紀を受け入れてくれた。

ちなみに叔父たちが暮らす一軒家があるのは、関東北部X県ののどかな地方都市。大学までは片道二時間ほどかかるが、叔父の言うとおり次のすみかが見つかるまでの仮の住まいだ。

晴紀も両親も叔父たち一家に感謝をし、お言葉に甘え、しばらくの間居候をさせてもらうことになった。

叔父たちの家から大学に通いながら新しい住居を探し、ふた月ほどしたら出ていくことで話はまとまっている。

つまりこの家での暮らしも、あと一カ月半ほど。

大学に通って勉強をするかたわら、よさそうな物件をネットで発掘しては、不動産屋に案内されて現地に下見に行く日々を始めていた。

今のところこれはと思えるアパートやマンションには出合えていないが、それも時間の問題だ。

どこかで妥協をしなければ、物件など見つからない。

なにしろ早くも、二週間が経ってしまっている。一月半など、あっという間だと思っていた。

（ああ、それにしても）

「そうなの。それでね……」

「まあ、そうなの？　ンフフ……」

仲睦まじげに話をする葵と真由子をチラチラと見て、晴紀はこっそりとため息をついた。

興味などなさそうなふりをする。

しかしその実、熱烈な関心とともに、隣に座る美少女にあらためてほの暗い視線を向ける。

可憐にして高貴さを感じさせる美貌は、めったにお目にかかれない極上級のもの。話をするたび、ポニーテールの黒髪が右へ左へとわずかに揺れる。

この地方随一と言われる名門女子校に通っている。

小学生の時分から聡明で名高い娘だったが、進学校として有名な女子校ではつねに上位五位に入る成績を維持している。

世間的には有名な一流大学とは言え、二浪しなければ入れなかった晴紀からしてみたら、まぶしさを感じさせる才媛ではある。

女子校の制服姿で、朝食のテーブルにいた。長袖の白い丸襟ブラウスに、ワインカラーのリボン。膝丈のスカートはチェック柄で、すらりと長く美しい脚には紺のロングソックスを履いている。

伸びやかな肢体は、フレッシュな肉体美を感じさせた。

ブラウスの胸もとを、ほどよいボリュームのふくらみが艶（なま）めかしく押しあげている。ほかの部分はどこも華奢（きゃしゃ）なのに、おっぱいのふくらみだけはセクシーなボリュームを感じさせた。

晴紀の見立てではEカップ。八十五センチぐらいはあるのではないかと思える、ほどよいまるみ。

乳房を締めつけるブラジャーもまた純白らしく、ブラウスからわずかに透けて見える下着の存在にも、我知らず晴紀はドキドキした。

（かわいいなあ。しかも頭はいいし、性格もいいし……おっと、だめだだめだ）

よからぬ妄想にとらわれそうになり、晴紀は心中でかぶりをふった。なにげなく視線を転じれば、今度は後妻の真由子がいる。

（きれいな人。三十二歳ってことは、叔父さんより八歳も年下なんだよな。社長秘書をしていたって聞いたけど、たしかに納得……）

家族たちの笑いがダイニングにひびいた。

葵がダメ押しのひと言を加えると、さらに笑い声は大きくなる。晴紀はいっしょになって笑ってみせながら、さりげなく真由子の観察をつづけた。

ひと言で言うならこういう女性を、古きよき時代を感じさせる大和撫子（やまとなでしこ）とでも言うのではあるまいか。

色の白さは、こちらも一級品。おとなの女性としての艶が加わるぶん、白さには匂いやかな色香が伴っている。

卵形の小顔をいろどるのは栗色の髪。

ボブカットというのだろうか、熟女らしいエレガントさを感じさせるヘアスタイルがよく似合っている。

一重の両目は、雛人形（ひなにんぎょう）の凜（りん）としたたたずまいを感じさせる。鼻すじもしっかり通っているが、葵のようなプライドの高そうな感じはあまりなく、静謐（せいひつ）なイメージを印象づける。

それはもしかしたら、この人の慎ましやかな性格のせいもあるかもしれない。プルンとしたくちびるのセクシーな赤みも、持ち前の官能味をさらに濃密なものにした。

しかも――。

(ばか。見るな)

晴紀はあわてて、真由子の胸もとから視線をそらした。

今朝の真由子はアイボリーのニットに、足もとまでとどくグレーのプリーツスカートという装い。

いつ見てもエレガントなファッションでいることの多い熟女だが、どんな風に装っても隠しようのないものがある。

おっぱいだ。

(ああ、揺れてる)

そのエロチックな光景を見た途端、胸と股間が甘酸っぱくうずいた。

葵の冗談に、真由子は口に手を当て、しとやかに笑う。だがちょっと動くだけで、胸もとのふくらみが重たげにはずんだ。

おそらくGカップ、九十五センチぐらいはあるだろう。しかも、まだまだ発育途上の葵の乳房と比べたら、服越しとは言え真由子の胸乳には、とろけるようなやわらかさも感じられる。

女が熟れるとはこういうことを言うのだと、言葉ではなくあるがままの生々しさで教えられているかのようなインパクト。

こんなことを思ってはいけないが、夫としてこの人のおっぱいを自由にできる叔父は、なんと恵まれているのだろうと嫉妬さえしそうになる。

全体的に、肉感的なしなやかさを感じさせる女性だった。

デニム姿になるとはっきりするけれど、ヒップの大きさとやわらかそうな質感も男泣かせのエロチックさだ。

(だけど、叔父さんたちって、いつエッチしてるんだろう)

叔父たち家族の会話に加わりつつ、晴紀は心で首をかしげた。

この家に寝泊まりをするようになって二週間。

二階には三つの部屋があり、うちひとつが叔父たち夫婦の寝室、ひとつが葵の勉強部屋、その両方に挟まれるかたちで貸し与えられた晴紀の私室があったが、叔父たち夫婦の部屋はいつも静かだった。

もちろん晴紀だって四六時中、さあいやらしいことを始めろとばかりに意識しているわけではない。

だが、そう言えばと気づいて思いだしてみても、叔父たちの寝室から口にするのをはばかられる気配がとどいたことは一度としてなかった。

（まさか、俺がいるからしたくてもできないなんてことはないよな）

罪の意識を覚えつつ、晴紀はそんなことまで心配した。

だがたとえそうだとしても、もうしばらくのこと。新たな住まいさえ見つかれば、遠からず晴紀はこの一軒家をあとにする。

（結局、なにも起こらないで、すべてが過去になるんだろう）

晴紀は思い、またも葵を盗み見た。

叔父たちの房事のことなんて、どうでもいい。

やはり気になるのは美しく成長した従妹だが、妄想の中ではあれこれと想像をたくましくできるものの、現実的にはこのままなにもなく、家を去ることになることはわかっている。

誰に教えられたわけでもない。

だが、人生なんてしょせんそんなものだと知っている。少なくとも晴紀の人生は、この二十年間、そんな風にして今まで来ていた。

いい思いなんてしたことはない。

言うまでもないが、まだ晴紀は女というものを知らずにいる。

「……うん？　どうしたの」

「あ、いやいや」

（いけない、いけない）

視線が交錯した葵からきょとんとして言われ、あわててごまかした。さあ、そろそろ出かけなければと、時間をたしかめて晴紀は思う。

今日も新しい一日が始まっていた。

2

あたりはすでにしんと静まりかえっていた。

「やれやれ……」

明かりを消し、畳に敷いた布団にぐったりと横たわる。

一日なんて早いもの。大学から帰り、夕飯をもらって勉強をしたら、あっという間に就寝の時間だ。

「……葵ちゃんも寝ちゃったかな」

いつものように、またも晴紀は高嶺の花の従妹を思った。夕飯のあと、一階のリビングで話をしたときの愛らしい姿を脳裏によみがえらせる。

リラックスしたスエット姿。

惜しげもなく、きれいに並ぶ白い歯をこぼした。

学校に行くときはうしろで結んでいることの多い髪をほどき、愛嬌たっぷりにあれこれと話す快活な姿は、いかにも十七歳の女子高生。学校で起きた愉快な出来事を晴紀に話し、美しい少女は身をよじって笑った。

そのたび黒髪がサラサラと流れた。

シャンプーの甘い香りが晴紀の鼻腔に忍びこんだ。

ああ、いい匂いだと思いながら、晴紀はひそかに股間をうずかせ、そんな自分に嫌悪した。

葵の通っているのが女子校でよかったと心から思う。

そうでなければ、ヤリたい盛りの男子生徒たちに囲まれたデンジャラスな日々。想像するだけで、晴紀は落ちつかなくなる。

「もっとも……どっちみちいつかは、誰かにあんなことやこんなことをされちゃうんだろうけど」

寝返りを打ち、ため息をつきつつ晴紀はつぶやいた。

こんなにも親しく話ができるのは、父親同士が兄弟だから。ただそれだけのことである。

葵が晴紀を異性として意識していないことなど、誰に言われるまでもなくわかっていた。これからも、そしてここから先も、晴紀と葵の関係が今以上のものになることなど百二十パーセントありえない。

そう思うと、今夜もせつなさが増した。身もだえたくなるほどの哀感は、甘酸っぱい股間のうずきのオマケつきだ。

「ああ、葵ちゃん……」

寝る前に、今夜も抜いておくかと思いながら、片手を股間に伸ばした。そうしながら周囲をたしかめ、ティッシュの箱をつかもうとする。

(えっ)

そのときだ。

いきなり入口のドアに異変があった。

なにかと思ってそちらを見る。廊下のほうにドアが開き、誰かが音もなく部屋に入ってこようとしている。

（ええっ？）

晴紀は闇の中で目を見ひらいた。

ひょっとして夢でも見ているのか。明かりのない室内を、そっとこちらに近づいてくるのは、パジャマ姿の葵に見える。

「あ、えっと……」

「しい。静かに、お兄ちゃん」

布団に上体を起こし、とまどいながら声をかけようとした。すると葵は口の前に人さし指を立て、小声で晴紀を制する。

やはり夢ではないようだ。

近づいてくる美少女から、ふわりと甘い香りがした。嗅ぐたびに心が泡立つシャンプーのアロマも、今夜はひときわ濃く感じられる。

「葵ちゃん、どうしたの」

「いいから。ほら」

「えっ。ああ……」

とまどう晴紀とは裏腹に、葵は余裕の笑みを浮かべたままだ。

緊張する従兄をリラックスさせるようにかわいく微笑むと、晴紀をうながして横たわらせ、かたわらにすべりこんでくる。

(どういうことだ)

腕と脇腹に、意外に熱い少女の体温を生々しく感じた。葵の呼吸音までリアルにどきどき、浮きたつ気持ちはますます大きなものになる。

「あの、葵ちゃ――」

「お兄ちゃん」

「わわっ」

「静かにってば」

みなまで言わせず、葵はさらに身体を密着させた。晴紀の耳もとに口をよせ、砂糖菓子のような甘い声でささやいてくる。

それだけで、ゾクゾクと全身に鳥肌が立った。思いもよらなかったこの展開はいったいなんだと、半分パニックになっている。

「お兄ちゃん」

もう一度、葵はささやき、甘えるようにさらに身体をくっつけようとする。

(うわあ)

「私と……エッチしたい？」

「えっ」

とんでもないことを聞かれ、晴紀は絶句した。身に覚えがないわけではないだけに、さらなる恐慌状態に突入しかける。

「エッチ……したいんでしょ。気がついちゃったの、お兄ちゃんの気持ち」

「あ……葵ちゃん」

闇の中で、晴紀は葵を見た。

超至近距離にいる従妹は両目をキラキラと輝かせ、なんともセクシーな顔つきでこちらを見つめている。

「ねえ、違うの？　それって、私の勘違い？」

「いや、えと、そんな——」

「うれしかったんだよ？」

「……えっ」

なんとか取りつくろおうとすると、葵は晴紀を揺さぶり、たたみかけるようにささやいた。

「葵ちゃん……」

思いがけない言葉に驚き、またしても晴紀はマジマジと少女を見る。

(て言うか……ノーブラ?)

そのことに気づいて、晴紀はいちだんと動揺した。

二の腕に押しつけられるふくらみは、まぎれもなく発育途上のやわらかい乳房。腕に感じる熱さとやわらかさは尋常ではなく、パジャマの下にはなにもつけていないことが感触だけで見てとれる。

しかも、ひときわ熱くて硬いこの突起は、乳首でなければなんだというのか。

「うれしかったの、私。お兄ちゃんの気持ちを知って。ほんとだよ」

葵は柳眉を八の字にした。

せつない想いを訴えるように、晴紀の身体を揺さぶって言う。

「——。葵ちゃん」

「お兄ちゃんにそんな風に思ってもらえてうれしかった。でもって……」

上目づかいで晴紀を見た。

またしても背すじを鳥肌が駆けあがる。

甘えるような視線ビームの破壊力にはすさまじいものがあった。晴紀はあうあうと、無様にあごをふるわせる。

「あの……あの──」

「もらってくれるなら……私、お兄ちゃんに処女をもらってほしい」

「ええっ？」

「しい」

信じられない言葉を聞き、思わずとんでもない声が出た。葵はあわてて晴紀を制し、またしても口の前に人さし指を立てる。

「お兄ちゃん、恥ずかしいよう」

晴紀に見つめられることが耐えられないというように、葵はかたわらから従兄の青年を抱擁した。

媚びるように晴紀の首すじに、スリスリと愛らしく頬ずりをする。

「こんなことを言う私、嫌いにならないでね。こう見えても勇気をふりしぼっているの。だって──」

またしても、殺人的な上目づかい。

「私も、お兄ちゃんのこと、ほんとは……」

（うおお……）

こんなシチュエーションで意外な告白をされてはたまったものではない。

なにしろ相手はそんじょそこらでお目にかかれない、とびきりの美少女。しかも晴紀はこの女の子に、ほの暗い想いを抱きつづけている。

(勃つな。勃つなってば。ああ……)

股間でムズムズしはじめた不埒なやからを懸命に制する。だが、二十歳の青年にとってそこは、完全に治外法権。

可憐な美少女の体熱とやわらかな肌、とびきり柔和なおっぱい。

そしてそれとは裏腹な乳首の硬さにいきり勃ち、あれよあれよという間に陰茎が大きくなってくる。

(ああ……)

「お兄ちゃん」

「おわわっ」

恥じらいを露にしながらも、言葉のとおり、ありったけの勇気をふりしぼるかのような勢いで、葵は晴紀にむしゃぶりついた。

「あ、あお——」

「私とエッチしたい?」

「えっ。いや、あの——」

「したい？」

はっきりしない晴紀に焦れでもしているかのよう。動転して言葉を出せずにいると、ダメ押しのように語気を強めて聞かれた。

言葉が出てこない。

晴紀はうんうんと、ばかみたいに何度もうなずく。

「かわいい。おにいちゃん、大好き」

(うわあ)

葵は幸せそうに、熱烈に晴紀にハグをした。甘ったるい香りは、じっとりとした湿り気を帯びている。

心臓が激しく打ち鳴った。

あまりに強く下着とパジャマのズボンを押しあげるあまり、ペニスの先がズキュズキュと痛みを放つ。

「いいよ……あげる」

身も心もとろけてしまいそうになるささやき声で葵は言った。

「えっ……あの、い、いいの？」

「うん、いいよ」

たしかめずにはいられない。すると葵はこくりとうなずき、恥ずかしそうに身じろぎをする。

「あ……ああ、葵ちゃん！」

全身に獰猛（どうもう）な力がみなぎった。まさに、衝（つ）きあげられるような激情という言い方がふさわしい。

白分はなんと幸運な男だろう。いや、待て、やはりこれは夢ではないかなどと、いろいろな思いが錯綜（さくそう）する。

だが現実ならもちろんのこと、そして夢ならなおさら、すぐにでもやらなければならないことがある。

晴紀は身体を起こすと、葵の華奢な肢体に覆いかぶさろうとした。

「ちょっと待って」

しかしそんな晴紀を、両手を前にやって葵が止めた。晴紀は、いきなりハシゴをはずされたような気持ちで「えっ」と固まる。

「あげるよ。嘘（うそ）じゃない。お兄ちゃんに私をあげる。でもね……その前に、お願いがあるの」

「お願い？」

「落ちついて、私の話、聞いてくれる？」

葵にうながされ、晴紀はふたたび枕に頭をやった。

すぐにでもこの思いと股間のナニをなんとかしたい気持ちはあるものの、乱暴なまねはしたくない。

「あのね、お兄ちゃん」

葵はかたわらに横臥(おうが)した。なんともキュートなおねだりの表情になり、一泊間をあけてから小声で言う。

「真由子さんと……エッチしてくれない？」

3

（まさか葵ちゃんが、あの人のことをそんな風に思っていたなんて）

闇の中で話を聞き終えた。

晴紀は、複雑な思いにかられていた。

目にするかぎり、継母の真由子と話をする葵はいつも屈託なく、明るく微笑んだり、快活にやりとりをしていた。

仲のいい母娘なんだなと、いつも微笑ましい気持ちになって、晴紀はふたりの会話をはたで見ていた。

ところが、ふたりでもぐる布団の中で、葵は意外な告白をした。

――ほんとはあんな人、ちっとも好きじゃない。私にとってお母さんは、やっぱりひとりしかいないから。

初めて見せる真摯な顔つきは憂いに満ちていた。別人のような表情になって語る葵は、ときおり目頭を押さえすらした。

真由子は悟と同じ会社で社長秘書として働いていた。五年前に前妻を亡くし、男手ひとつで葵を育てていた悟は、美人で聡明、気立てもいい真由子に惹かれ、強引に口説き落として家に迎えたようである。

それが、今から一年半前のこと。

女子高生として多感な時期を迎えていた葵にしてみれば、父親には見せないところで、ずいぶん葛藤があったようだ。

そう言われてみると、無理もない気はした。

晴紀が知るかぎり、悟の前妻と幼い葵はとても仲がよかった。

清楚な雰囲気を持ち、性格が奥ゆかしいという点では、後妻の真由子も葵の実母と似てはいたが、ことはそういう問題ではない。

親しげで明るい笑顔の裏側で、葵が真由子を忌みきらい、なんとかこの家から追い出せないかと考えていたとしても、理解できない話ではない。

だが、だからと言って従兄の男に、

——真由子さんとエッチしてくれない？

などと依頼するのは、やはり尋常ではない気がする。

葵は父親の心を実母からうばい、さも当然の権利のようにこの家に暮らす義母を、人知れず憎んでいた。

なんとか家から追い出すことはできないかといろいろと考えたものの、なかなか妙案が浮かばない。

そんなときに神様からの贈りもののようにして家にやってきたのが晴紀だったと葵は言った。

——お兄ちゃんのことが好きになった私としては、ほんとにつらい決断だよ。だって大好きな男の人に、ほかの女の人とエッチしてもらおうなんて考えるんだから。でも、こんなことを頼めるのはお兄ちゃんしかいないの。ねえ、わかるよね。お兄ちゃん、助けて……。

葵はそう言って、涙ながらに晴紀にすがった。

葵の考えた台本はこうだ。

父親と自分のいないときに、晴紀と真由子にいやらしい行為をさせる。

ところがそのじつ、葵は家にいて、その一部始終をあまさずスマートフォンを使って動画撮影をする。

決定打の証拠となった動画は、決して父親には存在は教えない。つまり父親が晴紀の裏切りを知ることはありえない。

そのうえで、動画を交渉材料にして真由子に迫り、家を出ていくよう要求する。

自分の不貞を公（おおやけ）にされたくない真由子は、最終的にはこちらの言うとおりにせざるをえないはずというのが葵の読みだった。

「ほ、ほんとに……」

布団の中で身体を密着してくる美しい従妹に、声をふるわせて晴紀は聞く。

「ほんとに……その……真由子さんと、そういうことをしたら……あの――」

「うん、私をあげる、お兄ちゃんに」

「あっ……」

みなまで言わないでとかわいく訴えてでもいるかのよう。葵は晴紀に小顔をよせ、頬にチュッと口づける。

（ああ……）

晴紀は確信した。

なにやら狐につままれた感じはするが、この娘が自分を好きになってくれたことはやはり事実なのではあるまいか。

だからこそ、こんな風に熱っぽいキスもしてくれるし、誰にも言えない心の闇を告白し、奸計の共犯者になることも頼めたのではないだろうか。

つまり葵の言葉どおり、しっかりと協力を果たしたら、この娘の身体を自分のものにできることはたしかなのではあるまいか。

「嘘じゃないよ」

そんな晴紀の葛藤など、すべてお見通しだと言っているかのようだ。

またしても甘さたっぷりのささやき声になると、葵は晴紀の片手をとり、なんと自分の胸へといざなう。

「――わわっ。葵ちゃん……」

パジャマの生地越しではあるものの、晴紀の指は、たしかに美少女のおっぱいをとらえた。

推定Eカップ、八十五センチのふくらみが、晴紀の指につかまれてふにゅりと艶めかしく形を変える。

（うわあ……）

「ほんとなら、私だって今すぐお兄ちゃんに私をあげたい。嘘じゃないよ。でも、でもね、私のことが好きなら、お兄ちゃんにも、私へのプレゼントのつもりで、あの人のこと──」

「わ、わかってるよ。わかってる」

……もにゅもにゅ。

「きゃっ。アン、お兄ちゃん……」

「ごめん。でも……おおお……」

「あっ。あっあっ……」

ほとんど本能的な行為だった。

晴紀はせりあげるように乳房をつかみ、五本の指を開閉させて、ねちっこくやわらかなふくらみを揉みしだく。

……もにゅもにゅ、もにゅ。

「あっあっ……ちょ……い、いやン、ちょっとだけだよ、今日は。ねえ、お兄ちゃん、ちょっとだけだよ」

「わかってるよ。ああ、でも幸せだ。信じられない。俺、葵ちゃんのおっぱいを揉んでいる」

「ひはっ。あぁン、だめぇ、んっああ……」

窮屈な体勢のまま、晴紀はぎこちなく、いとしい少女の胸乳をまさぐる。

今夜の葵は、淡いピンクのパジャマの上下。ピンク色をした薄い夜着越しではあるものの、晴紀は意志のおもむくまま、せりあげてはグニグニ、もにゅもにゅと、美少女の乳を好き勝手に変形させる。

「あっあっ、い、いやン、だめ、お兄ちゃん。アァン、そんなに……揉んだら……ひはっ、ひはぁ……」

(信じられない……信じられない、信じられない)

頭の芯がじんとなり、理性が麻痺(まひ)していくのを感じた。揉めば揉むほど、パジャマの下のふくらみは生硬さを増してくる気がする。

乳房とはこういうものなのか。恥ずかしながら、いまだ女を知らない晴紀にはわからないが、それでもわかることがある。

揉むほどに、こねるほどに葵の喉からは、いやらしさを増した本気のあえぎが惜しげもなくあふれだしてくる。

……もにゅ、もにゅもにゅ。

「あっあっあっ……だめ、お兄ちゃん、もうだめ……や、やめて……もうやめ……んっあああ」

……スリスリ。スリスリスリ。

「うああ。あっああ……」

「ああ、この硬い突起」

晴紀は乳をまさぐりつつ、万感の思いとともにも人さし指をワイパーのように動かした。パジャマの下でくにゅくにゅと形を変えるのは、まぎれもなく葵の乳首。晴紀は今、とうとう少女の乳首に達した。

「おお、乳首。はぁはぁ。葵ちゃんの乳首、乳首」

……スリスリ、スリスリスリスリ。

「あっ、ひはッ、んッああ。だめ。やめて、お兄ちゃん。それはだめだよう。そんな、そんなことされたら私……あッあッ、ハアァァ……」

「うわわっ」

晴紀は身体をふるわせた。

信じられないことに美少女は細い腕を伸ばし、パジャマのズボン越しに晴紀の一物をやわやわとまさぐりだす。

「うおお、葵ちゃん……」

「わからないよう。ねえ、これでいいの。これ？　ねえ、これ？」

……やわやわ。やわやわやわ。

「ずおっ、ずおおっ、信じられない……葵ちゃんが……俺の……」

すでに肉棒は、完全に戦闘状態だ。

最初はわけもわからずという感じだったものの、葵は次第に、目には見えない股間の状態を理解しはじめたらしい。

ズボンの上から猛る勃起をむぎゅりとにぎった。

「こう？　ねえ、こう？」

と、恥ずかしそうに声をふるわせ、上へ下へ、上へ下へと、ぎこちない手つきで陰茎をしごく。

「おっ、おおお、葵ちゃん、うわあ……」

空気の漏れだした風船のように、全身から力が抜けていく。葵の反転攻勢に、なにもしないで身をまかせる。

（ああ……）

「気持ちいい、お兄ちゃん？　ネットで勉強したの。こういう風にすると、男の人って気持ちいいんでしょ？」

羞恥をひそませたささやき声で言い、葵はなおも勃起をしごいた。

下着とパジャマが邪魔ではあったが、大好きな少女にこんな奉仕をしてもらっている僥倖に、天にも昇るような心地になる。

「葵ちゃん、あの――」

自分の浅ましさに恥じ入る気持ちはもちろんある。

だが、人間の欲望は際限がない。ここまでしてもらえるのなら、できれば直接しごいてほしいという思いが高まる。

「いいよ。こうしてほしいんだよね。が、がんばるね」

「あっ……」

葵は、晴紀の願いなどお見通しだ。

起きあがると体勢を変え、従兄のズボンとボクサーパンツに指をかける。

夢のようだと思いながらわずかに尻を上げると、美少女は照れくさそうに笑い、晴紀の股間から、ズルリ、ズルズルとズボンと下着を下ろしていく。

――ブルルンッ！

「きゃっ……」

「ごめん。ああ……」

下着に引っかかったペニスが、そこからはずれるや勢いよく、ししおどしのようにしなった。

反動で逆方向に動き、腹の肉に生々しい音を立てて亀頭がぶつかる。

「お兄ちゃん、すごい。はうう……」

飛びだしてきたペニスを凝視し、葵は目を見ひらいた。そしてそんな自分に気づいたかのように、あわてて晴紀の股間から顔をそむける。

淫靡（いんび）に火照る美貌が、闇の中でさらに紅潮したのがわかった。

だが、葵がそんな風に動転するのも無理はない。

見た目も頭のよさも自慢できるほどのものではない晴紀が、しいて言うならただひとつ、ちょっとだけ自信を持っているのがペニスのたくましさだ。

全力で勃起をすると、軽く十五センチは超えた。そのうえ長さだけでなく、ゴツゴツとワイルドな太さと、まがまがしさもそなえている。

どす黒い幹部分には、赤だの青だのの血管が、あちらこちらに浮いている。皮は完全に向け、暗紫色をした亀頭が松茸のような傘を張りだしている。

そんな男の一物をバージン娘が正視できるはずもない。予想したとおりの反応に、晴紀はいい気分になった。

「こ、こうだよね、お兄ちゃん」

だが、葵はすぐさま態勢を立てなおす。臆す自分を叱咤するかのように顔つきを変えると、晴紀に足を開かせ、太腿の間に陣どった。

「うおお……葵ちゃん……」

「はうう……」

「うわあ……」

かわいくうずくまると、葵はビクビクと痙攣する肉棒を、意を決した感じで白魚の指に握りしめた。

ついにいとしい少女が、直接勃起をつかんでくれた。まじめに生きていると、こんないいことも起こるのだなと、いまだにこの状況が信じられない気持ちで、晴紀は恍惚とする。

「あ、あまりうまくないけど、ごめんね、お兄ちゃん。こうされると、男の人っていいんだよね?」

……しこしこ。しこしこしこ。

「うお、おおお……」

「はぁはぁはぁ……」

葵は上下に手を動かし、ペニスをしごきはじめた。股間から広がる甘酸っぱさいっぱいの快美感にもだえ、晴紀はうめきながら背すじをたわめる。

「あ、葵ちゃん……」

「痛い？」

「痛くない。もっとして。もっとしごいて」

「はぁはぁ……こう？　ねえ、こう？」

……しこしこしこ。しこしこしこしこ。

「おおお……気持ちいい！」

感激しながら、晴紀は思わず声を大きくした。

あわてて両手で口を押さえ、股間から湧きあがるとろけるような気持ちよさにうっとりとする。

たしかにテクニック的には、ないに等しいぎこちない手淫。だが、そんなことはたいしたことではないのである。

うまいかへたかという意味で言うなら、晴紀以上に晴紀の陰茎の扱いに長けた人物はいない。

しかし青年が求めているのは、技巧ではない。葵に棹をしごいてもらっているという事実だけで、早くも暴発しそうである。

いとしい人との愛の交歓は、肉体だけでなく脳も沸騰させる。

今晴紀の脳は、自身に起きている夢のような事態に、今まで感じたこともなかったような劣情とともにグツグツと煮立っている。

「はぁはぁ……すごい、お兄ちゃん……おち×ちん、ピクピクいってるよう」

次第にリズミカルになりだした手コキをつづけつつ、困惑した声で葵は言った。

やっていることは大胆なのに、どうしていいのかわからないという顔つきで、上目づかいにこちらを見る。

そんな表情に、晴紀は父性本能を刺激される。

「ご、ごめんね。でも気持ちよくて……かわいい葵ちゃんが、こんないやらしいことをしてくれているから、俺もう感激で……イッちゃいそうだよ」

「ほんと？　うれしい……じゃあ……もっともっとよくしてあげるね」

「えっ……おわあ！」

……れろん。

「うおお、葵ちゃん」

さらに信じられないことが起きた。

いや、この流れならもしかしてという期待はあったが、実際にそうしてもらえると、やはりこれはできすぎではないかという思いが強くなる。

葵はペニスをしごきながら、首を伸ばし、うずく亀頭にねろんと舌を擦りつけた。

4

「わあっ。き、気持ちいい!」

(声大きいってば、もう……)

葵のくりだすサービスに、晴紀はおもしろいほど興奮していた。男ってばかだなと思いつつ、葵はなおもウブでかわいい少女を演じる。

「あぁン、お兄ちゃんのち×ちん、舐めちゃった。恥ずかしいよう。でも私……お兄ちゃんに気持ちよくなってもらいたくて」

「幸せだよ、葵ちゃん。ねえ、もっと舐めて。もっとして。ねえ、ねえ」

（やれやれ）

「こう、お兄ちゃん？　いやらしい私を嫌いにならないでね。んっ……」

……ピチャピチャ。

「うおお、うおおお」

（うるさいよ、お兄ちゃん）

……ピチャピチャピチャ。ねろねろねろ。

「ああ、たまらない、たまらない。おおお……」

（ほんと、男ってばかだ）

ぷっくりとふくらんだ従兄の亀頭を、飴でも舐めるようにぺろぺろと舌であやし、たっぷりの唾液をまつわりつかせる。

（きゃっ。なんか出てきた……こ、これが……カウパー氏腺液？）

いきなり尿口から、こぽりと濃密な液体があふれだした。

葵はペニスから顔を離しそうになるも懸命にこらえ、事前に勉強しておいた男性器のあれこれを思いだす。

性的興奮が高まり、射精の準備がととのうと自然発生的に分泌される露払いのような液体。

ということは、もうちょっと我慢すれば射精をするということだ。

(早く終わらせて寝たい)

ばかまるだしで歓喜にむせび「おう、おおう」とおっとせいみたいに泣く晴紀にうんざりした。

それでも葵は覚悟を決め、当初の予定どおり陰茎を口中にまるごと頰ばる。

「うわあ。うわあああ」

「お兄ちゃん、かわいい。んっんっ……」

……ぢゅぽぢゅぽ！　ぢゅぽぢゅぽぢゅぽ！

「おおお、葵ちゃん、幸せだ。幸せだ。おおう、おおおう」

(早く出して)

怒濤の勢いで首をふり、すぼめた口の内側で猛る陰茎をしごきにしごく。

たしかこうすればさらにいいのだったと思いだし、できるだけ的確に、舌を使って肉傘の縁を舐めまわす。

(気持ち悪い。うぇ……)

へたをするとえずきそうだ。

バナナを使ってこっそりとレッスンをしたいくつもの夜を思いだし、どうして自分がこんなことまでしなければならないのかとため息をつきたくなる。

男と女は愛しあうと、どうしてこんなにも滑稽で、みっともない行為をしないといけないのかと、そのことにも嘔吐しそうになる。

しかも自分はこの従兄のことなど、好きでもなんでもないのである。

そう。

すべては葵の奸計だ。

目的は、晴紀に色じかけをすることで言うことを聞く奴隷にし、この家からあの忌まわしい女を追いだすこと。それさえ成功させてしまえば、あとはこの、あまり利口とは言えない従兄のことなどなんとでもなる。

（早く射精しなさいよ、もう）

「お兄ちゃん、かわいい。好き……大好き！　んっんっ……」

……ぢゅぽぢゅぽぢゅぽ！　ぢゅぽぢゅぽぢゅぽ！

葵はうんざりする自分に発破をかけつつ、さらに卑猥な啄木鳥と化した。激しく、激しく、何度も首をふって陰茎をしごく。

「お兄ちゃん、かわいい。好き……大好き！　んっんっ……」

（ああ、葵ちゃん。なんてかわいいんだ！）

心をふわふわとさせてくれる葵の言葉に感激しながら、晴紀は胸と亀頭を甘酸っぱくうずかせた。

「お、俺も……俺も葵ちゃんが大好きだよ」

「ほんと？　うれしい。ねえ、もう出る？」

「あ、ああ。出るよ……ほんとにもう出そうだ！」

「いいよ、口の中に……出してもいいからね。んっ……」

――ぢゅぽぢゅるぴちゃ！　れぢゅれぢゅれぢゅ！　れぢゅれぢゅれぢゅ！

「おおお、葵ちゃん、いいの？　口の中に出しても……うお、おおお……」

（なんてかわいい子なんだ。そこまで俺のことを……）

晴紀は天にも昇る心地だった。

意中の少女もまた自分を想ってくれていたという僥倖。

これからこのかわいい美少女と、恋人としてあんなことやこんなことができると思うと、近づいてきた爆発衝動はどうしようもないものになる。

（ほんとに気持ちいい）

射精へのカウントダウンを始めつつ、晴紀は身も心も甘くしびれた。ぬめぬめした口の粘膜に棹をしごかれ、腰が抜けそうになる。

愛情たっぷりに亀頭を舐める舌の責めを受け、小さな火花がバチバチとくり返し、くり返し、亀頭でひらめく。

(もうだめだ！)

「あ、葵ちゃん。ねえ、出ちゃう。もう出ちゃうよ」

「出して。お兄ちゃん、いっぱい出して！」

――ぢゅぽぢゅぽぢゅぽ！　ぢゅるぢゅ、んぢゅちゅ、ぢゅぽぢゅぽぢゅぽ！

「ああ、出る。出る出る出る出る。うわあああ」

――どぴゅっ！　どぴゅどぴゅ、びゅる！

「んんぅっ……!?」

(おおお……)

ついに恍惚の雷に脳天からたたき割られた。完全に脳髄が白濁し、視覚も聴覚も粉砕される。

(気持ちいい。あああ……)

……ドクン、ドクン。

獰猛に陰茎が脈動した。

二回、三回、四回——ザーメンを吐きだす勢いは、オナニーのときとは迫力が違う。

自分でも驚くばかりの激しさで肉ポンプが収縮と開放をくり返し、ゴハッ、ゴハッと咳きこむ勢いでザーメンをぶちまける。精液をまき散らしてしまっているのは、世にも可憐な才媛少女の口の中だ。

「ご、ごめん、葵ちゃん……いっぱい……出ちゃう……」

「むふう……むふう……お、おにいひゃん、しゅごい……むんぅ……」

ようやく葵へと意識が向いた。

ハッとして少女を見れば、葵は晴紀の男根を根もとまで頬ばったまま、荒い鼻息を漏らして肩を上下させている。

アーモンドの形をした両目を苦しそうにギュッと閉じている。

苦しいだろう。つらいだろう。

いくらなんでもこんなに大量に射精してしまっていいものではない。だがもうペニスは、制御不能だ。

「葵ちゃん……ほんと、ごめんね……でも、幸せだよ……」

「お、おにいひゃん……わらひも……ひあわ、せ……むんぅ……」

(かわいい)

晴紀に答え、苦しそうに顔をしかめつつも愛らしいことを言ってくる葵に、あらためてうっとりした。

それと同時にまぶたの裏によみがえるのは、楚々として美しい叔父の後妻だ。

（それにしても、とんでもないことになっちゃったな）

性衝動が収束に向かうとともに、次第に理性が戻ってくる。

葵をいとしいと思い、力になってやりたいという気持ちに嘘偽りは微塵もない。だがそうは言いつつ、引きうけてしまったミッションは、考えるまでもなくとんでもないたいへんさだ。

（どうしよう……）

美しい少女の口の中で、次第に男根が力を失いはじめた。

葵の美貌は闇の中でもかなり赤く思える。

少女が上目づかいにこちらを見た。

幸せそうに目を細め、頬ばった男根を口の粘膜で締めつけた。

第二章　肉体に巣くう悪魔

1

「それにしても、気持ちよかったな、葵ちゃんのフェラ……」

腑抜(ふぬ)けのようとは、まさにこのこと。

あれから一週間にもなるというのに、いまだに晴紀はホットな出来事の虜(とりこ)になったままだった。

「またしてほしいなあ……」

畳敷きの私室の窓から、茜(あかね)色に染まった西日が斜めに射しこんでいる。

ここにいる間は自由に使えと叔父から貸与された勉強机。椅子に座って頬杖(ほおづえ)をつき、ぼうっと窓外を眺めながら、呆(ほう)けたようにため息をついた。

まぶたを閉じても開いても、鮮烈によみがえるのは官能的な美少女の姿。まさか晴紀の怒張をくわえこんだ顔をこの目にできるとは思わなかった。

大学から帰り、勉強をしているところだ。

机の上にはノートや参考書、テキストなどが広げられている。

葵と叔父はまだ帰宅前。全員そろって迎える予定の夕餉(ゆうげ)の時間までは、まだだいぶある。

「いやらしかったんだよな、あの葵ちゃんの顔……」

思いだすだけで、股間がムズムズと不穏なうずきを放ちはじめた。

いつもは可憐な葵の顔が、巨大なペニスを頬ばったせいで無様にくずれ、ゆがんでいた。

左右の頬がえぐれるようにくびれ、鼻の穴が苦しそうに何度も開閉をくり返す。

フンフンというリズミカルな鼻息とともに、葵は黒髪を波打たせ、前へうしろへと顔をふった。

そのたびしびれるような快美感が亀頭からまたたき、これまで一度として感じたことのなかったような多幸感に、晴紀はひたった。

「やばっ……こんなこと、してる場合じゃないんだけど……」

ジャージのズボンの下で膨張しはじめた陰茎を、晴紀は持てあました。まだ日の高い時間ではあるものの、こうなったら抜くしか方法はない。

なにしろ男根は強烈に覚えてしまっている。

敏感な亀頭と棹に吸いつく、ヌルヌルして温かな美少女の粘膜と舌。降りかかる鼻息と、断続的に聞こえてくる生々しいうめき声。それらの記憶が脳髄と肉棒を刺激し、嘲笑うように理性をうばう。

「だ、だめだ。葵ちゃん、おおお……」

晴紀は下着ごとズボンを下げ、飛びだした勃起を片手でつかんだ。

もう一方の手で机上に置いていたティッシュの箱から数枚を抜きだし、いつ爆発してもいいようにする。

「はぁはぁ、はぁはぁはぁ」

しこしこと、怒濤の勢いでペニスをしごいた。

極太が覚えている葵の口の感触とあの夜の出来事の一部始終だけで、今日も軽く三発は抜けそうだ。

本当にこんなことをしている場合ではないのに。勉強云々(うんぬん)はもちろんだが、晴紀には、葵から依頼されているたいせつなミッションがある。

ほかでもない、後妻の真由子をなんとかだまし、こっそりとエッチに持ちこむという高難度の仕事だ。

(そう簡単に言われてもなあ)

「はぁはぁはぁ、葵ちゃん……」

淫らな行為に逃避するもうひとつの理由は、自分に課されたとんでもない使命から、いっときだけでもいいから逃れたいから。

いったいどうしたら、あの色っぽく清楚な人妻とそんな関係になだれこめるのか、女のことなどなにもわからない晴紀には皆目ちんぷんかんぷんだ。

だが、フェラチオの夜から今日で一週間。

はっきりと口にこそ出さなかったが、会うたび葵が無言の催促をくり出してきているのはいやでもわかった。

にこっと愛らしく微笑み、細めた両目で見つめていることに晴紀は気づいている。

与えられた時間は確実に目減りしていた。

真由子に迫れるチャンスは、有限もいいところだ。

「い、言われたとおりにことが進めば、真由子さんともいい思いができる。でもって、その先には、葵ちゃんとの念願の……ああ、気持ちいい！　でも――」

射精の瞬間は、じわりじわりと接近中だ。しこしことペニスをしごくたび、古い椅子がリズミカルにきしむ。

「葵ちゃんとエッチができるのはうれしいけど、でも、真由子さんをだましてそんなことをするのはやっぱり気が引ける。けど……葵ちゃん……ああ、葵ちゃんとエッチ、葵ちゃんとエッチ！」

葵とエッチがしたいと思うと、肉棒の感度はさらに上がった。晴紀は椅子に座りなおし、いつ射精をしてもいいようにスタンバイをする。

「――るのよね？　入るわね」

（えっ）

そのときだ。行為に夢中になっていて気づかなかったが、鈴を転がすような声がドアの向こうでした。

（この声は）

動きを止め、フリーズしたときにはもう遅い。ドアが開き、トレーに紅茶らしき飲み物とケーキを載せた真由子が姿を現した。

真由子はいつものように、楚々とした色っぽい笑みとともにこちらを見る。

「えっ……」

「あ、あの、いや、これはその……」

「はうう……」

三十二歳にもなるおとなの女性である。

一瞬にして状況を察したようだ。

「ご、ごめんなさい。ごめんね」

謝罪する声は、申し訳ないほどうわずってふるえた。

引きつった顔つきでちらっと晴紀の股間を見つめ、清楚な美貌はさらに困惑したものに変わる。

「いや、あの――」

「ごめんね、見てない。見てないから」

トレーの上の瀬戸物がぶつかり、不穏な音を立てた。

こわばった笑みの残骸を小顔に貼りつけたまま、真由子はあとずさり、有無を言わせぬ勢いで、開いていたドアをもとに戻す。

「最悪だ……」

遠ざかる足音が、逃げるように階段を下りていくのを聞きながら、晴紀は絶望的な気持ちになった。

オナニーをしている姿を誰かに見られるだなんて、生涯初のこと。それがこれほどまでに恥ずかしいものだということを、体験して初めて晴紀は知る。

「どうしよう」

あっという間に硬い勃起が、しおしおと力をなくしてしぼんでいく。

しぼんでいくのは心も同じだ。

真由子を誘ってエッチに持ちこむどころの話ではなくなってしまったぞと、二重の意味で晴紀は落ちこんだ。

2

「落ちついて。落ちついて……」

ふるえる脚で、ダイニングキッチンに戻った。

胸に手を当て、真由子は自身をなだめる。

とくとくと左胸の奥で打ち鳴る心臓は、苦しくなるほどの勢いだ。目を閉じて、何度も深い呼吸をした。自分がしてしまったことの罪深さに、頭を抱えこみたい気持ちになる。

「まさか、あんなことをしていたなんて」

どうして気づいてやれなかったのかと、浅はかな自分に怒りすら覚えた。

先ほど真由子は晴紀の部屋のドアをノックし、二度ほど声をかけた。返事はなかったが、青年が中にいる気配はしっかりと感じとれた。

淹れてきた紅茶を、ぬるくなる前に飲ませてあげたいという思いがあったことは事実である。

深く考えることもなく開けたドアの向こうに、あのような光景が待っていようとは夢にも思わなかった。

股間の一物を握りしめたまま、両目を見ひらいてこちらを見る晴紀を思いだすと、かわいそうなことをしてしまったと胸の痛みを持てあます。

真由子には兄がひとりいたが、子どものころから兄は兄、自分は自分という感じでほとんど交流がなかった。しかも真由子は女子校から女子大に進学してもいる。社会人になるまで男性に対する免疫は皆無に等しかった。

年ごろの青年の性的な事情をおもんぱかってやれる基礎教養は、いちじるしく欠けていた。

「どうしよう」

二階を見あげ、つい重苦しい声が出た。

このまま、なにもなかったことにはできない。葵や夫が帰ってくる前に、きちんと話をしたほうがいいのではあるまいか。

千々に心を乱してあれこれ考えてみるものの、なにが正解なのか、正直よくわからない。

しかも――。

「あっ……」

真由子は愕然(がくぜん)とした。

あろうことか、ペニスを握ったままこちらをふり返る青年をもう一度思いだすと、股のつけ根がふいにうずく。

「うぅ、やめて……」

シンクの縁に両手をつき、体重を預けて目を閉じる。

「思い出さないで。思い出しちゃだめ」

窓から射しこむ西日を浴びながら、うめくように真由子は言った。熟女の脳裏に鮮明によみがえるのは、晴紀の指からはみ出した特大サイズの男根。そして、その先端部の赤黒い亀頭だ。

ぷっくりとふくらむ鈴口は、あのおとなしそうな子の持ちものとは思えないほど凶悪な威容を見せつけた。少なくとも真由子が今まで交際した男性に、あれほどまがまがしい亀頭を持つ男はいなかった。

もっとも、男のサンプル数は悲しくなるほど少なかったが。

「やめて。やめてってば。ああ……」

晴紀が握りしめた男根の先では、暗紫色の亀頭が開口と収縮をくり返していた。

生々しさあふれる生殖器を思い出すと、意志とは無関係に子宮がうずき、甘酸っぱいしびれが股のつけ根から全身に広がる。

すとんと腰が抜け、尻餅をついてしまいそう。気がつけば、シンクの縁に突っ張り棒のように伸ばす両手が小刻みにふるえている。

「誰か助けて。どうしたらいいの」

絶望的な心境で、真由子は自身の肉体をうらんだ。まさかこんなことになってしまうだなんて信じられない。

「だめ。だめだめ、だめぇ……！」

片手が股間に伸びそうになる。自分を慰めていた晴紀に、私だってしたいのよとすねたような気持ちで訴えたくなってしまう。

だが、すんでのところで真由子はおのれの股間に手を伸ばすことを止めた。

欲求不満にかられ、背すじに、内股に、ぞわぞわと大粒の鳥肌が広がる。

この家に後妻として嫁いでから、表面的には夫の悟とはうまくやっていた。今のところ、難しい年ごろの葵とも、それなりにコミュニケーションがとれている。

だが、じつは真由子には、誰にも言えない秘密があった。

とても感じやすい体質なのだ。

いや、感じやすい体質などという生やさしいものではない。

——真由子、おまえ、そんな上品そうな顔して、ほんとは痴女だったんだな。

悟と知りあう前に交際していた恋人からは、夜の閨で豹変したことをからかわれ、そんな風に言われたことすらある。

痴女。

この私が、痴女。

愛を感じていた男性に面と向かって言われ、真由子はショックと羞恥を覚えた。

だが、恋人の指摘を否定することはできなかった。

実際問題、真由子は男に抱かれて我を忘れると、自分でも信じられないほど敏感になり、理性を失って獣と化した。

白分がそんな風になってしまう女だということは、二十四歳のころ、処女を捧げた恋人によって知らされた。

あきれたように笑い、ズバリと指摘したのは、二十七歳のころつきあっていたふたりめの男性だ。

最初の恋人は口でははっきりと言わなかったが、日ごろは清楚でつつしみ深いタイプなのに、夜の床では別人のようになってよがり狂う真由子にとまどっているのがなんとなくわかった。

そんなことから関係がぎくしゃくするようになり、結局は別れてしまった。

だが、自分を鼓舞して交際をするようになったふたりめの恋人からも軽く見られるようなことを言われ、真由子はせつない思いで決心した。

――もう二度と男の人になんて抱かれない。本当の自分は、もう誰にも見せない。

男性不信になったと言われたら、そのとおりだ。

チヤホヤとうまいことばかり言って近づいてきても、こちらが身も心も許した途端、幻滅でもしたかのように態度が変わる。そんな男たちを見ることは、もう耐えられない。

真由子はひとりで生きていくことを決心し、社長秘書としての仕事に夢中になった。

そんな真由子にやさしく接近してきたのが悟だった。

悪い人ではなさそうな悟に好感は抱いた。しかし、男女の関係になることだけはなにがあっても拒もうと思いながら、真由子は悟と交流をした。

食事をしながら交わす会話の中で、男女の営みには嫌悪感を抱いているという話をしたこともあった。できることなら、どんなに好きになった相手とも、そうした行為はしたくないと。

すると、そんな真由子に、やがて悟はとんでもない告白をした。

──じつはさ、俺、EDなんだ。

思いもよらないカミングアウトに、真由子は驚いた。

だが話を聞いてみると、どうやら嘘ではないらしい。前妻を交通事故で亡くしたショックで、以来男性機能を失ってしまったのだと悟は言った。

──男とエッチするの、いやなんでしょ。でも俺なら、そんな心配はいらない。真由子さんに好意は持っているけど、事情が事情だからさ。求めたくても求められない。そんな男がパートナーなら真由子さんだって安心なんじゃない？　年ごろの娘には、やっぱり母親が必要な気がするんだよね。よかったら考えてみてくれないかな。

真由子の秘密は知らないながらも、悟はそう言ってプロポーズをした。

悟にしてみれば、ある意味、真由子のような女性は理想であったろう。同様に真由子にしてみても、そんな事情を持つ悟は理想的な男性であった。

もう二度と、笑われるのはたくさんだ。

この人になら秘密がばれる心配はない——そう考えた真由子は悟に抱く好意もあり、彼の後妻になることを決めたのであった。

したがって、結婚前も結婚後も、悟との間に男女の関係はない。

裸ぐらいは見せあうし、ふたりで風呂に入ったらキスをしたり軽いペッティング程度のことはするが、そこまでの話。男性に恐怖心のある真由子は、ほどほどのところで、いつもそれ以上の行為を回避した。

悟はいつも「したいなあ、真由子と。悔しいなあ」と言ったが、真由子にしてみれば、理想の相手と生活を手に入れたようなものだと思っていた。

だが、物事はいいことばかりではない。

理想の日々がもたらしたのは、狂おしいほどの肉のうずきにさいなまれる、欲求不満地獄でもあった。

ヤックスがしたいと、焦げつくような気持ちで何度思ったかしれない。

家にひとりきりになると、すべてを放棄してリビングルームのソファに飛びこみ、自分の指で欲望を鎮める行為に何度耽(ふけ)ったかわからなかった。

いや、それだけではない。ときには夫が寝入ったあと、かたわらでこらえきれずにオナニーをしたこともある。

恥ずかしい私。

浅ましい、醜い私。

そんな姿を誰かに見られたら、もう生きてなどいけないと真由子は思った。

だから想像できるのだ。

禁忌な現場を見られてしまい、さぞ苦しんでいるだろう晴紀の心の内が。

男と女、年齢の違いはもちろんある。

だが今この瞬間、二階にいるあの子は、どうしていいのかもわからずに、羞恥と恐怖に打ちふるえているはずなのである。

「なんとかしてあげなきゃ」

二階を見あげて、真由子はつぶやいた。晴紀を思いだすと、またしても凶悪そうな亀頭がオマケのようによみがえる。

「ああン……」

つい真由子は色っぽくあえいだ。股のつけ根がヌルヌルと不埒なぬめりを帯びてしまうことに暗澹たる思いになる。

(あっ……)

そして真由子はふと気づいた。

そう言えばあの青年は、いったいなにを思いながら夢中になって自慰をしていたのだろう。

自身の肉体を持てあましつつも、真由子は母親に戻る。

(まさか……)

ひとつの可能性に思い至った。もしかして晴紀は、葵のことを思いながら欲望を処理していたのではないだろうか。

だとしたらその意味でも、やはりこのままにしてはいられなかった。

3

……コンコン。

(き、来た)

晴紀は緊張し、思わず椅子から立ちあがった。

このままの状態で、葵や叔父と四人、いつものように夕飯を食べることはできないと思っていたところである。

しっかりと真由子を話をし、事態を打開する必要がある。

だが、いったいなんと言えばよいのかがわからない。

謝るのか。自分はなにか悪いことをしたのか。

それならば、気にしないでとおちゃらけるのか。

自分がこんなにも気になっているのに、真由子にそれを強要すること自体まちがっている。

そんな風に心を千々に乱して狼狽（ろうばい）していたところに、真由子は戻ってきたのだった。

もしかしたら真由子も同じ気持ちではないかと思っていただけに予想はできたが、実際に戻ってこられると、それはそれで緊張する。

「は、入っていい？」

ドアの向こうで、真由子が気遣わしげに聞いた。

「はい……」

反射的に出た声は無様にうわずり、ふるえている。ドアがゆっくりと開いた。晴紀は立ったまま、真由子を出迎える。

「あの……」

一瞬目が合った。

真由子はすぐにそらし、落ちつかない様子で言葉を紡ぐ。

「は、はい」

「さっきは……さっきはごめんね。その……ノック、ちゃんとしたんだけど――」

「いえ、すみません。変なところ、見られちゃって」

「ううん。そんなそんな」

頭を下げると、真由子は顔の前でワイパーのように両手を動かし、困惑した顔つきで晴紀を見た。

「あの……ごめんね、びっくりしたわよね。でも、あの、大丈夫。私……あの人にも葵ちゃんにも、絶対に言わないから」

「あ、ありがとうございます」

誰にも言わないと請け負ってくれた真由子に、ホッとする自分がいた。

「でもね、ひとつだけ。あの、えっとね」

そんな晴紀に、たたみかけるように真由子が言う。

「あの、聞きにくいことなんだけど」

「は、はい」

真由子の清楚な美貌がほんのりと紅潮した。その様子は不意をつかれるほど色っぽく、こんな状況なのに晴紀はハッと息を呑む。

「あのね、えっとね」

言いにくいことを、意を決して言おうとしているのがわかる。困ったようにあちらを見たりこちらを見たりしたすえ、ようやく真由子は言う。

「晴紀くん、さっき、その……まさかとは思うけど……葵ちゃんのことを想像したりしながら……」

(まずい)

晴紀はあらためて全身を硬直させた。もしかしたら真由子は、その点だけは見過ごせないと思ったのではないだろうか。

母親ならば当然の心理。

ひとつ屋根の下で暮らす年ごろの男が、自分の娘を想って性欲を処理しているなどと考えたら、いても立ってもいられなくなるのがふつうだろう。

「違います」

本当は指摘されたとおりではあったが、認めてしまうのは危険だと本能的に思った。晴紀はすぐさま否定し、真由子と目が合うと口からでまかせを言った。

「ごめんなさい。じつは……真由子さんのことを想って……」

「えっ」

（これはこれでまずかったか）

晴紀は後悔した。

青年の告白を聞いた熟女は息を呑み、両目を見ひらいた。全身をフリーズさせ、両手を口に当ててこちらを見る。

「すみません」

なにも言わない真由子に、絶望感が広がった。

よく考えたら、娘ではなかったことはめでたしめでたしにしても、自分にそんな想いを抱いているのだと知れば、それはそれで薄気味悪さがつのるかもしれない。

反射的に言ってしまったことだったが、もう少し考えて言うべきだったと、晴紀は心中で天をあおいだ。

「ご、ごめんね」

やがて、ようやく真由子は声をふるわせて言った。

両手を胸の前でクロスさせ、自分を落ちつかせようとするようなポーズをとる。

鎮まって、お願いと自身をなだめているかのように、左側の胸に当てた指を、何度もくり返し、押し当てては離した。


(私のことを想いながら、あんなことを?)

はずむ心臓を持てあましながら、真由子は浮きたつような気持ちになった。

晴紀とはひとまわりも年齢が違う。

そんな男の子が、自分のようなおばさんを心によみがえらせながらあんないやらしい行為をしていたと思うと、驚くことに甘酸っぱく胸を締めつけられた。

ギュッと握った浅黒い指に収まらず、ぴょこりと飛びだしてひくついていたペニスの先端部分――膨張した亀頭が、またも生々しく脳髄によみがえる。

(あなた……)

同時に脳裏に去来するのは、いつもやさしい夫の笑顔だ。

男としての機能を失っていることは百も承知でいっしょになった最愛の人。心から悟を愛している事実に偽りはない。

それなのに、真由子はこのごろとみに荒れくるうようになりだした性の欲望にあらがいきれない。

誰に言われるまでもなく、これは悟への裏切りだとわかっているのに、肉体が――真由子の肉体に巣くう悪魔が、人妻から理性をむしりとって嘲笑う。


「そ、そうなの……私を……」

意外なことを聞かされて仰天したらしいことを、真由子は隠そうともしなかった。清楚な美貌は先刻までより、さらに色っぽく紅潮している。

重まぶたの美しい両目が、じっとりと潤みを増したように感じられるのは気のせいだろうか。

「すみませんでした」

「ううん。そんな。謝らないで。私みたいなおばさんを想像して、あの……そ、そんなことをしていただなんて……なんだか、申し訳なくて」

「そんなことありません」

謙遜かもしれないが、晴紀はすぐさま真由子の言葉を否定した。

真由子という熟女が、本人が卑下するような女性ではないことは、まぎれもない事実である。

「真由子さんはきれいです」

「晴紀くん、やめて」

「お世辞じゃありません」

恥じらっていたたまれなさそうにする人妻に、断言する口調で言葉を重ねた。

「きれいです。きれいで、魅力的で、俺……ほんとのことを言うと、いつも真由子さんのこと、ちらっちらって、見つからないように見てました」

「まあ……」

（そうだ）

なりゆき上こうなってしまった展開ではあった。

だがことここに至り、晴紀は気づく。

もしかしたら、禍を転じて福となすではあるまいか。うまくいけば、このまま葵の願いに答えられる流れに持ちこめるかもしれない。

（ごめんなさい、真由子さん）

心の中で美しい後妻に謝りつつ、晴紀は勢いに身をまかせた。

「叔父さんに対する罪の意識はあります。当たり前です。でも……でも——」

晴紀は悪魔になった。

「真由子さんを見ていると、苦しくって、せつなくて」

「晴紀くん……」

「それで……どうしていいのかわからなくなっちゃって……あんなことを……」

「ああ……」

（地獄に堕ちるかも、俺……）

真由子はさまざまな感情が入れ乱れ、自分でも持てあましているような表情で晴紀を見る。

いくら葵に頼まれたからとは言え、やはりいい気分はしない。

だがそれでも、もはやサイは投げられてしまった。

「もしかして……」

声をふるわせ、恥ずかしそうにしながらも、ひとまわりも年上の美熟女は気遣わしげに聞く。

「まだ知らないの？　女の人のこと……」

じっと見つめられ、照れくささが増した。

またしても、葵との熱い一夜を思いだす。だがたったあれだけのことで、女を知ったとはまだ言えない。

「はい……」

うつむいて、蚊の鳴くような声で言った。ストーブにでも近づいたかのように、両の頬が火照りを増す。

「そう……」

真由子がくちびるを噛み、晴紀を見つめた。

やはりきれいな人だと落ちつかなくなる。葵に入れこむあまり気がつかずにいたが、こうして見るとこの人の美しさもまた、晴紀にとっては高嶺の花以外のなにものでもない。

「ありがとう、晴紀くん」

長い間、真由子は押しだまったままだった。しかし、ようやく熟女は言う。

「私みたいなおばさんを、そんな風に想ってくれて」

「いえ……ですから俺、真由子さんのことは、おば――」

「教えてあげようか」

「えっ」

晴紀はきょとんとする。

じっと真由子を見ると、清楚な熟女はいたたまれなさそうに身じろぎをし、あらぬ方を見た。

「なにをですか」

わけがわからず、晴紀は聞く。

「なにって……」

真由子の美貌がますます色っぽく紅潮した。

言おうか言うまいか、迷ったかのように身じろぎをし、艶やかな火照り顔のままようやく答える。

「お……女の人の、こと」

「……えっ！」

「もしよければ、だけど」

驚く晴紀に、少し声を大きくし、覚悟を決めたように真由子は言った。

「私が……女の人のこと、教えてあげる、晴紀くんに」

第三章　白一色の初体験

1

（頼りなさそうな気がしたけど、ちゃんとやることはやってくれるじゃない、お兄ちゃんってば）

葵は上機嫌でクローゼットの中にいた。扉を少しだけ開け、部屋の様子が見られるようにしている。

晴紀の部屋もクローゼットの中も真っ暗だが、すでに目は闇になれていた。

スマホで時刻をたしかめる。

そろそろ指定された時間になろうとしている。

(頼むね、お兄ちゃん)

闇の中で、葵は晴紀を見た。

晴紀はすでに畳に敷いた布団にもぐりこんでいる。

晴紀もまた時間が気になるのだろう。スマホをたしかめる従兄の顔が、闇の中にぼうっと浮きあがり、青白い顔はすぐに消えた。

深夜の一時。

晴紀が真由子といやらしい約束をした日から、すでに二日が経っていた。

今日から父の悟は出張で家にいない。

なにも知らないふりをして、葵も十時には部屋の明かりを消し、自室で眠っていることになっている。晴紀の話では、一時になったら真由子がこっそりとやってくることになっているようだ。

「真由子さんとエッチができそうだ」

と、晴紀から聞いたときは、うれしさ半分、驚きが半分だった。

白羽の矢を立ててはみたものの、どうにも晴紀は頼りない。願いどおりに行動してくれるのかという不安は、正直拭いがたかった。

だから、こんなにも早く期待した展開になったことは、自分で願ったことではありながら、驚きを禁じえなかった。

この期に及んでも、どこか現実感が希薄である。

（もうそんなことは言っていられないけど）

闇の中で、葵は自分を叱咤した。

隠し撮り用のスマホを用意し「うまくやってね」と晴紀を激励してクローゼットに入ってからずっと、心臓がとくとくと鳴っている。

うまくいった事情は晴紀から説明されていた。

葵のことを思ってオナニーをしていたことが結果的に功を奏したと知り、十七歳の娘は心地よく自尊心をくすぐられた。

はしたない、淫らな行為は真由子を想いながらだったととっさに嘘をつけた従兄には、表彰状を送ってやりたいぐらいである。

（どんなエッチを見せてくれるんだろう）

そう思うと、本来の目的とは別に、淫靡な好奇心を刺激された。それと同時に意地悪な気持ちで、それ見たことかと思ってもいる。

まじめそうに思えた真由子だったが、ひと皮剝けばこれが本性だ。

夫のいない隙を見計らい、こんな裏切り行為に平気で走れる女なのだから、彼女を追放しようとする自分になんらまちがいはない。

（来た）

そのときだ。

入口のドアが静かに開き、夜着姿の義母が姿を現した。晴紀も気づいたらしく、入口のほうを見あげて固まっている。

（なによ、あの格好）

葵はドキッとした。

真由子は、セクシーなネグリジェ姿。純白のブラジャーとパンティが、薄いネグリジェ越しにいやらしく透けて見える。

同性の葵が見ても、夜着姿の継母は妙に艶めかしい。

いつも父とふたりきりになると、寝室ではこんな格好をしているのか。それとも晴紀に興奮してもらいたくて、わざわざこんな夜着に装ってきたのだろうか。

（なんか腹が立つ）

いずれにしても、面白くなかった。

奇妙なジェラシーに、葵はさいなまれる。

「ま、真由子さ――」

「しい……」

　晴紀が上体を起こすと、真由子はあわてて青年を制した。

　白魚のような指をくちびるの前に当てる。葵の従兄のかたわらに、折り目正しく正座をした。

「……初めに、言っておくわね」

　隣室にいると思いこんでいる葵を気にしてであろう。

　真由子は小声で言った。

「はい」

　緊張した様子で、晴紀も正座をして真由子と向かいあう。ちらちらとこちらを気にする従兄の様子に、葵は舌打ちをしたくなった。

（こっちを見ないで。集中して、お兄ちゃん）

「私……大事な夫を裏切ることになります」

　背すじを伸ばした上品な挙措。

　真由子は楚々とした美貌に苦渋の色を浮かべて言う。

「真由子さん」

「そしてそれは、大事な葵ちゃんを裏切ることにもなる」

（えっ）

「本当なら、もうこの家にいていい女じゃなくなります。ひどい女です。そんなことはわかってる。でもね、晴紀くん」

そこまで言うと、真由子は目を閉じ、間を空けた。

「私がそれでもこんなことをする理由を、正直に言います。あなたも正直に言ってくれたから、私も嘘はつけないと思って」

義母はそう言うと、いたたまれなさそうに晴紀から視線をはずし、しばし間を空けてからもう一度見た。

「ひとつはね……私を思ってあんなことをしてくれていた晴紀くんを、本当にかわいいと思ってしまったから。うれしかった。ほんとよ」

「は、はい……」

（この女）

真由子の告白を聞き、葵はまたしても嫉妬にかられた。

大事な葵を裏切ることにもなるという殊勝な気持ちにはいささか虚をつかれ、複雑な気持ちにもなったが、それをうわまわってあまりある。

晴紀が好きなのは自分なのだ。

あなたのような尻軽女のことなんて、本当は好きでもなんでもないんだからと、継母への忌々しい思いを禁じえない。

「そして、もうひとつの理由」

だが真由子は、すぐそこに義理の娘がいるなどとは思ってもいない。

ためらいながら、さらに言う。

「くわしい事情は話せないけど、私……苦しかった」

「えっ」

沈黙が晴紀と真由子を支配した。

「く、苦しかったって……どういうことですか」

「聞かないで。お願い。はうう……」

晴紀が説明を求めるが、真由子は斜め横に視線を落とし、色っぽくうめく。

「真由子さん……」

「苦しかったの。苦しくて、苦しくて……助けて、助けてって思ってた。だから」

真由子は晴紀を見つめた。

「半分は、私が晴紀くんに助けてもらうようなものなの。だから、あまり重荷に感じないで」

「そんな。重荷だなんて……」

「私でいいの？」

真由子はそっと間合いをつめ、たしかめる口調で問うた。

「真由子さん……」

「私なんかでほんとにいい？　あとになってよく考えたら、私みたいな女がほんとに初めての人でいいのかしらなんて、自己嫌悪に――」

「そんな風に思わないでください」

（お兄ちゃん）

晴紀は真剣な表情で訴えるように言う。

もちろん演技であろうが、だとしたらたいした演技力。葵はさっきからジェラシーを持てあましっぱなしである。

（私、お兄ちゃんのことなんて好きでもなんでもないのに）

自身の心に荒れくるう、どす黒い暴風にとまどった。

股のつけ根が不意にうずく。

葵はこの歳(とし)にして初めて知った。子宮とは、妬心を媒介にしてもこれほどまでにうずくものなのだ。

「教えてください、真由子さん、女の人のこと」

しかし晴紀は、そんな葵をよそに真剣な顔つきで言った。

「晴紀くん……」

ふたりは一気にいい雰囲気だ。

(ああ……)

葵はスマホをかまえることも忘れ、我知らず晴紀と真由子に見入った。

2

「いいわ、教えてあげる」
(真由子さん)
真由子は甘いささやき声で言うや、布団のかたわらに立ちあがった。
夜着姿のこの人を見るのは、晴紀は初めてだ。
まるい肩と二の腕がまるだしになったネグリジェはたぶんホワイト。膝のあたりで
その裾が、ヒラヒラとあだっぽく揺れている。
細い二本のストラップが、熟女の肉肌に食いこんだ。

生地はおそらくシルクであろう。薄い夜着の向こうに、これまたエロチックなブラジャーとパンティが透けて見える。

立ちあがった真由子は艶めかしく身をよじった。

両の肩からストラップをはずす。

そのままストンとネグリジェが落ち、人妻の足もとにまるくなった。露になったのは、下着姿のもっちりとした熟女の半裸だ。

「うおお、真由子さん……」

闇の中に、内股気味になって立つ真由子を、呆けたように晴紀は見あげた。闇の重さを跳ね返すように、色白の美肌が艶々とした光沢を放っている。

服の上からでもわかっていたことではあるが、やはりこの女性のむちむちぶりはただごとではなかった。いやむしろ半裸姿になったことで、肉感的な迫力はいっそう濃密なものになる。

三十二歳の肉肌は、若さと熟れを合わせもっていた。今が盛りと咲きほこる百合(ゆり)の花のような、匂いやかなエロスも感じさせる。

まろやかな色気とパウダリーな空気感、さらには意外な透明感。いまだ女を知らない童貞青年には、いささか刺激の強い半裸である。

とりわけ視線を奪われるポイントは三つ。

まずは、なんといってもおっぱいだ。

サイズ違いのブラジャーをわざとつけているのではないかと疑いたくなるほど、たわわなふくらみがふたつのカップに締めあげられている。

乳の谷間も露にくっきりと盛りあがる豊満な乳は、まさに小玉スイカのよう。

Gカップ、九十五センチはあるはずだと見ていたが、自分の見立てにまちがいがなかったことを晴紀は確信する。

ふたつめは、息を呑むほどもっちりとした太腿だ。

肉と脂肪をギュギュッと内包した健康的な白い腿が、ちょっと動くたびフルフルと蠱惑的に肉をふるわせる。

おっぱいもむしゃぶりつきたくなる魅力を感じさせるが、それは太腿も同様だ。今すぐそこにしがみつき、頬ずりをしたり、ペロペロと舐めたりしたくなる。

（そして、ああ……）

晴紀はこくりと唾を飲んだ。

見事なボリュームであることはわかっていたつもりだが、はっきり言って実物は想像以上である。

出るところが出て引っこむところが引っこんだ熟れボディの凹凸は、まさにコーラのボトルのよう。両の腋窩(えきか)からV字を描くように斜めに下降するボディラインは、腰へとなだれこむなり、いきなりエロチックなくびれを見せつける。

正直、これほどまでのくびれっぷりは思ってもいなかった。

しかも問題はここからだ。

腰へと下降し、いったん絞られたボディラインは、ここから一気に爆発へと転ずる。慎ましくしていることなど耐えられないとばかりに盛りあがり、左右にもうしろにもはちきれんばかりにふくらんで、水蜜桃さながらの旨(うま)そうなヒップを現出させる。

(うおっ、うおお……)

これが男の本能だ。魅惑のボディを見あげつつ、晴紀は股間に怒濤の勢いで血液を流入させる。

むくり、むくり、むくむくとペニスが一気に力を持ち、天に向かって亀の拳を突きあげる。

「裸……見たい？」

晴紀の視線に恥じらうように腿を閉じ、くなくなと色っぽく身をよじりながら真由子は聞いた。

「み、見たいです。見せてください。お願いです」

聞くまでもない愚問に、晴紀は何度もうなずき、声をふるわせて懇願した。

（あ……）

そのときふと、クローゼットの中にいる葵を思いだす。思いだしたことで、大本命の従妹を完全に忘れていたことに初めて気づく。

（なんてこった）

晴紀はますますパニックになった。

葵に乞われて身を投じたはずの禁忌な行為。晴紀にとっては言うまでもなく、いつだって葵が一丁目一番地のはず。

それなのに、気づけば目の前の清楚な熟女に身も心も奪われかけている。

（葵ちゃん、違う。これは違うんだ）

チラチラとクローゼットのほうを意識し、中にいる葵にいいわけをした。

闇の向こうで美少女が睨んでいるように感じるのは、もちろん気のせいであろう。

だってこれは、葵自身が望んだ展開なのだ。

（ちゃんと写真を撮ってね）

心の中で葵に語りかけ、目の前の熟女にふたたび意識を向ける。

闇の中でもわかるほど、真由子は楚々とした美貌を薄桃色に火照らせている。両手を背中にまわし、小さな音を立ててブラジャーのホックをはずす。

そのとたん、左右の肩に食いこんでいたストラップがいきなり力を失った。

剝がれそうになるふたつのカップを押さえるように、真由子は両手をクロスさせ、落ちそうなカップをすくうようにする。

「恥ずかしい……もうおばさんなの。笑わないでね……」

真由子はそう言い、救いを求める顔つきで晴紀を見た。

(かわいい)

そのとたん、晴紀は胸を締めつけられるような甘酸っぱさを覚える。年齢はひとまわりも違うのに、今たしかに自分はこの人をかわいいと思って浮きたった。

「笑いません。だから、ねえ……ねえ、早く」

「ンフフ、かわいい」

すると、真由子もくすぐったそうに言った。

期せずして、同じことをほぼ同時に思ったらしいことに、こちらもくすぐったさが増す。

「こんなおっぱいでいいのなら……」

真由子は恥じらいを忍ばせた声で言うと、ゆっくりと、ゆっくりと、ブラカップをずらしてついに乳房を晴紀にさらした。

「うわあ、すごい……」

「あぁン、どうしよう」

たゆんたゆんと重たげに揺れる豊満な乳房に晴紀は息を呑む。真綿で首を締めつけられる気分とは、まさにこのこと。自分が息を止めていたことに気づき、あわてて深く呼吸をする。

小玉スイカを思わせるおっぱいが、ふたつ仲よく房をはずませた。たとえを変えるならこの乳は、ぷっくりとふくらんだ、焼いている途中の白い餅をも思わせる。

鎖骨のあたりからなだらかなスロープを描いて下降する稜線が、先端部分に近づくにつれて角度を変え、前に向かって挑むように盛りあがっている。

まんまるな突端をいろどるのは、ほれぼれするほど淡い桜の色をした、ほどよい大きさの乳輪だ。

童貞の晴紀にとっては、生まれて初めてナマで目にする女性の乳輪。

目にしたことがあるものと言えば、ネットや雑誌などでうしろめたい思いで鑑賞した、ＡＶ女優などのものしかない。

だが晴紀の記憶にあるかぎり、ここまで美しい桜色をした乳輪の持ち主などひとりもいなかった。

しかも真由子の乳輪は、白い乳肌から鏡餅のように一段盛りあがり、生々しく存在感を主張する。

また、存在感を主張していると言えば、乳輪の真ん中からぴょこりと飛びだす大ぶりな乳首も同様だ。

（いやらしい乳首）

晴紀は目を見張った。

乳輪の色合いも激レアなレベルだが、この乳首もまた、少数派の卑猥さではないだろうか。

長い。やや長めなのだ。

乳首と言えばサクランボのようにまんまるなのが一般的に思えるが、真由子の乳首はいくぶん縦に長く、そのたたずまいがなんとも言えず猥褻（わいせつ）である。

口に含んで伸ばしたら、もとに戻らずそのままになってしまったような官能的な眺めをかもしだしている。乳輪よりも濃い桜色をしていることにも、男心をくすぐられた。

乳首の長い女性はとても敏感だと誰かに聞いたことがあった。本当にそうだろうかと、晴紀はついそんなことまで思う。

「真由子さん、パンツも……」

懇願する声は無様にうわずり、引きつっていた。自分の息が乱れてきていることにも晴紀は気づく。

「恥ずかしいわ……」

苦笑まじりに真由子は言うが、その表情には満更でもなさそうな感情も見てとれた。それはそうだろう。

おっぱいを見あげる晴紀は大興奮。たぶん今、自分の両目はギラギラと恐ろしいほど輝いているに違いないと青年は思う。

自分の身体にそんな風に反応してくれる年下の男の子に、いい気持ちにならないはずがない。

真由子はなおも困ったような笑みを浮かべながらも、乞われるがまま、両手の指をパンティの縁にかけた。

「ま、待って」

「えっ」

「あの……もしよければ、うしろを向いて脱いで……」

「まあ」

晴紀はどんどん大胆になってきていた。

臆病でまじめな自分が、このような願望を臆面もなく口にできていることに信じられない気持ちになる。

「うしろを向いて？　こ、こう……？」

真由子はうろたえながらも、晴紀の願いに答えようとしてくれた。

ゆっくりとこちらに尻と背中を向ける。

（おおお……）

バックから見ると、やはり白い肌の光沢と腰のくびれ、そこから一転して張りだすまるい尻のド迫力は特筆ものだ。

スタイルのいい熟女だが、尻の大きさだけは肉体の黄金比を軽やかに裏切り、圧倒的な量感を見せつけた。

ぴたりと閉じた左右の腿と股の間に小さな逆三角形の空間が生まれる眺めにも、晴紀のペニスはビクン、ビクビクと脈動した。

「真由子さん、前かがみになってパンツ下ろしてください。はぁはぁ……」

「──えっ。あ、ちょ……晴紀くん……」

「はぁはぁはぁ」

もう我慢できなかった。

掛布団から出ると、晴紀は膝立ちになる。ボクサーパンツごとスウェットをずり下ろし、怒張を露出した。

男根は早くもビンビンだ。

射精へのせつない渇望を剝きだしにし、天に向かって猛々しく、松茸のように反りかえっている。

3

「えっ、は、晴紀くん」

「はぁはぁ……」

晴紀は肉棒をにぎると、恥も外聞もなくしごきはじめた。

この人には、こんな卑しい姿をすでに見られてしまっている。もう恥じらってもしかたがないからと考えたところで、晴紀はまたしても葵を思いだした。

美少女はさぞ仰天しているはずだ。

だが、葵にもこんな浅ましい姿を見られていると思うと、鬱屈した劣情はますますメラメラと紅蓮の炎を強くする。

「晴紀くん、だめ。いやよ、だめ。あァン、ち×ちんしごかないで……いやぁ、精子出さないでぇ……!」

真由子は自慰を始めた晴紀を見て、困惑したように身をよじり、こちらに向きなおろうとした。

「向こうを向いたままでいて。早く。早くパンツ下ろして」

晴紀はそんな熟女を制し、なおもペニスをしごく。まるめた指で肉傘の縁をこすると、強い電気がはじけた。

生身の女性をオカズにしてしごく肉棒の、なんと敏感で快いことか。

「はうう、晴紀くん、だめよ、精子、出しちゃだめよ……」

真由子はプリプリと尻をふりつつ、パンティの縁に指をかけた。

「出さないから。ねえ、早く。見たいよう。見たいよう」

晴紀は駄々っ子のように甘えて訴え、見せつけるかのごとく、なおもしこしこと腰を突きだして怒張をしごく。

「アァン、いやらしい……恥ずかしい、恥ずかしい……んっあああ……」

「うおおっ」

……スルッ。スルスルッ。

（最高だ）

とうとう美熟女は、最後に残っていた下着を脱ぎはじめた。晴紀は動きを止め、うっとりと眼福ものの光景に見入る。

こちらに背中を向けた真由子は、青年に乞われるがまま純白のパンティを、とうとうズルリと尻から剝いた。

まるだしになったのは、完熟という言葉がふさわしい特大サイズの巨尻。

甘く実った桃を彷彿とさせるまるみとともに、くっきりと尻渓谷の卑猥な眺めも見せつける。

パンティを脱ぎ、脚からはずそうとする動きのせいで、こちらにさらに尻を突きだす格好になった。

ただでさえ豊艶なヒップがググッと晴紀に突きだされ、尻のまるみといやらしい臀裂を誇示する。

（うおっ。うおおおっ！）

晴紀は見た。

尻の割れ目の奥底でひくつく肛門を。

なんとそこもまた、じつにはかなげな桜色。見られることが恥ずかしいのか、真由子は桜色のアヌスをヒクヒクと開いたり閉じたりさせながら、下着の輪から片脚を引き抜く動きに入る。

「ああ、真由子さん」

「きゃあああ」

晴紀はもう自分を制御できない。

布団から脱兎のごとく飛びだす。こちらに向かって突きだされた尻肉にむしゃぶりついた。飛びださせた舌を尻の谷間に突きさす。そのとたん、熟女の喉からは我を忘れた嬌声がはじけた。

「だめ、晴紀くん。だめだめ」

「真由子さん、たまらないです。たまらない。んっんっ……」

……ピチャピチャ。れろれろ、れろん。

「あああ。ちょ……晴紀くん、だめ。あっあっ、いきなりそんな。あっあっあっ」

肛門への舌のひと突きは、熟女の肉体を苦もなく吹っ飛ばした。

晴紀の勢いを受け、背後から押されるかたちで壁ぎわに移動させられた人妻は、片手を壁につき、いやいやと髪をふり乱す。

もう片方の手は自分の口を押さえつけていた。思わずあげてしまったあられもない声を恥じらい、悔いているのは明らかだ。

「はぁはぁ……真由子さん、ごめんなさい。でも俺……もう我慢できません。ああ、肛門。真由子さんの肛門。こんなにヒクヒクしています。肛門。肛門。んっ……」

……れろれろ。ピチャピチャピチャ。

「あああ。そんな。そんな、だめ。いきなりそんな……ひはっ。あああ」

「はぁはぁ。はぁはぁはぁ」

両手を太腿にまわし、真由子の抵抗を封じていた。ヒップを突きださせ、尻肉に顔面を思いきりくっつける。れろれろと舌で秘肛をあやす。

「いやあああ。そんな。あっあっ。ああああ」

（エロい声）

乳首の長さからふと思った可能性ではあったが、やはりこの人はそうとう感じやすい体質かもしれない。現に、肛門を舐めしゃぶっているだけなのに、早くもその声はそうとうな昂り(たかぶ)を感じさせる。

しかも――。

(汗ばんできた)

抱えこむ太腿が、どちらもじんわりと湿りを帯びはじめた。顔面をくっつける尻肉も、まだひやりと冷たいのに、内側には湿り気たっぷりの熱を感じさせる。

「はぁはぁ……肛門。真由子さんの肛門。んっ……」

「うああ。あっあああ」

しびれるような痴情に酔いしれながら、晴紀はなおも尻のすぼまりに舌を擦りつけては、ねろり、ねろねろと跳ねあげた。

桜色をした秘肛は、晴紀の舌責めにあえぐかのように、締まっては緩むあだっぽい動きをくり返す。

すでにべっとりと青年の唾液まみれになったそこから、粘つく汁が糸を引いて床にしたたる。

肛門のすぼまりからは放射状の皺(しわ)が走っていた。晴紀は舌先に、皺の凹凸をリアルに感じる。

「あっあっ、だめ、肛門なんて言わないで……恥ずかしい、恥ずかしい。きゃああ」

「はぁはぁ……真由子さん、俺、どうにかなりそうです」

肛門を舐めているだけでは収まらなくなってきた。

真由子を抱きかかえたまま向きを変え、熟女を自分の布団にいざなう。人妻は足もとをふらつかせ、今にも転びそうになりながらもされるにまかせた。早くも力が入らなくなってきているのか、横たわらせようとすると、思いのほかあっけなく、ふかふかとした布団に倒れこむ。

ふっくらとした肉づきを感じさせるヴィーナスの丘に、淡い陰毛のかげりがあった。だがそこを責め立てるのは、まだまだあとだと晴紀は思う。

「はぁアン、晴紀くん」

「我慢できない。真由子さんの裸。おっぱい。おっぱい」

「んっあああ」

仰臥した裸身に覆いかぶさった。息づまる思いで両手を伸ばし、ダイナミックに揺れる乳房を鷲(わし)づかみにする。

……ふにゅう。

「ヒイィン」

「おおお、やわらかい」

「あン、晴紀くん、静かにね、お願い……葵ちゃんに気づかれちゃう。あっあああ」

「やわらかい。やわらかい。真由子さん、興奮する」

……もにゅもにゅ、もにゅ。

「ハアァ……」

心のおもむくまま指を開閉し、とろけるような乳房を揉みしだいた。

(マジでやわらかい)

葵の乳とはさわり心地の違う完熟乳房に、晴紀はうっとりとなった。

十七歳の乳房は、熟女のおっぱいと比べるとみずみずしい生硬さを感じさせた。芯の部分にほぐれきらないこわばりを残し、揉めば揉むほど、さらに全体がフレッシュな硬さを増した。

それに比べたら、この乳はマシュマロのよう。晴紀の意のままにいやらしくひしゃげ、長めの乳首の先をあらぬ方に向ける。

(やっぱり敏感なのかな)

勃起する乳首に淫らな興味をそそられた。こんな清楚な顔をして、乳首は長くて卑猥だなんて、神様はなんと罪作りなおかたであろう。

舐めてみようと浮きたつ心は、自分でも意外なほど嗜虐(しぎゃく)的だ。

晴紀はせりあげるように乳を揉みながら、舌を飛びださせ、肛門につづいて勃起乳首をなぶりにかかる。

……れろん。

「あああああ」

（すごい）

あいさつがわりに軽くひと舐めしただけだ。それなのに真由子は派手に痙攣（けいれん）し、これまで以上にとり乱した声をあげる。

「むぶう、んむぶう」

そんな反応にいちばんとまどい、驚いているのはほかならぬ真由子のようだ。両目を見ひらき、口に手を当て「だめ、だめ」というようにかぶりをふる。

（たまらない）

期待したとおりだと、晴紀はいい気持ちになった。

自分の中に、これほどまでにサディスティックで獰猛なものがひそんでいたことにうろたえつつも、もう青年はこの人を困らせ、よがらせる楽しみを放棄できない。

「真由子さん、感じて。ねえ、叔父さんとのエッチでも、いつもこんなに感じてるの。んっんっ……」

……れろん、れろん。

「うああ。違う、私、そんな。むぷう、むぷう」

両手で乳を揉みしだき、片房の乳首を口に含んで何度も舐め転がす。もう一方の乳首は指であやし、グミのような感触を舌と指先でねっとりと味わう。

(これが乳首、女の人の。ゾクゾクする)

舌で舐め、指で倒すたび、乳首はすぐさまもとに戻り、晴紀の舌と指を押しかえした。淫らな生命力を感じさせる乳首の反応と、それ以上にそそられる熟女の乱れぶりに、晴紀はますます息苦しさをつのらせる。

「違うことないでしょ、真由子さん。叔父さんとのエッチでも、いつもこんな風に気持ちよくなってるんでしょ。そらそら」

……ちゅうちゅう。ねろねろねろ、んぢゅぷ。

「うああ。違う。そうじゃないの。ああ、どうしよう。晴紀くん、どうしよう」

「もっと困って。もっと感じて。ねえ、真由子さん、もっともっと舐めていい?」

「な、舐めて。いっぱい舐めて。恥ずかしい。晴紀くん、どうしよう。私……」

「なにも言わないで。身体中、舐めてもいいよね?」

「舐めて。舐めて、舐めてえ。ああ、こんなはずじゃ。ああああああ」

両の乳首にたっぷりと唾液を塗りたくり、どちらも舌でなぶりつくすと、今度は熟女のうなじに吸いついた。またしても真由子は感電したようにふるえ、おのれの口に片手を押し当てる。

「むふう、むふう、むふう」

（すごい鼻息。すごい感じかた……この人ってもしかして）

──痴女。

その言葉が脳裏に去来した。

AVにもいろいろとあるが、晴紀はそうしたものをこっそりと鑑賞する日々の中で、この世には痴女なるものが存在するという秘めやかな事実を知った。だがよもや、これほど身近にそれに該当する女性がいたとは驚きだ。

「舐めさせて。いっぱい舐めさせて。ああ、どうしよう、真由子さん。俺もおかしくなりそうだよう。んっんっ……」

……ピチャピチャ。

「うあああ。むぶう。むぶう。んっぷぷぷ。んぷぷぷぷ」

乳を揉み、なおも乳首をさかんに転がしながら、うなじに舌を這（は）わせ、さらにその先に進もうとした。

こんなはずじゃないと真由子は動揺したが、思いは晴紀も同じである。

すぐそこに葵がいるとわかっているのに、もはや少女を意識する余裕すら、晴紀は失いつつあった。

4

「アアァン、だめぇ、んぷぅ、んぷぷぅ」

「はぁはぁ……真由子さん、真由子さん」

（や、やめて。いつまでしつこく舐めてるのよう。あああ……）

茹だるような熱気が、深夜の一室に立ちこめている。

すぐそこでケダモノそのものの行為に溺れるふたりにけおされながら、葵はみじめな気持ちでクローゼットの中にいた。

どうしてこんな思いをしなくてはならないのだと思いながらも、完全に晴紀と真由子に当てられている。汗だくの淫行を見せつけられながら、セブンティーンの美少女はオナニーをしていた。

（はぁはぁ。はぁはぁはぁ）

パジャマのズボンとパンティの中に片手をもぐりこませ、狂おしい思いでクリ豆をかきむしった。

成長ざかりの肉体は、ときに凶暴なまでの性欲に憑かれることもあった。

だが葵には、プライドがある。

いちいち人に自慢こそしないが、下校する葵を待ちぶせし、ラブレターのようなものを渡す少年だって、これまでに何人いたかわからない。

自分は特別な少女——そんな自負は当然のように葵の中に生まれた。人には言えない下品な行為に身を落とすだなんて、特別な少女として生まれたプライドが許さなかった。

だから基本的に、よほどのことがなければ自慰などしない。そんなはしたない自分を見ることは、誰よりも自分が許せなかった。

それなのに——。

(はぁはぁ。はぁはぁはぁ)

今夜ばかりは、狂ったように淫核をかきむしらずにはいられなかった。もう片方の手はパジャマの上着にもぐり、蕾のような乳房を揉みしだいている。

……ニチャニチャ、ピチャ。

(い、いやン、エッチな音が。困る、困る。ハアァン……)

股のつけ根の恥裂から、粘度を帯びた汁音がひびいた。

このままでは、ここにいることに気づかれてしまうと困惑する思いとは裏腹に、ほの暗い昂りがいっそう増す。

これほどまでに膣の中が卑猥な汁でグチョグチョになったのは、もしかしたら初めてではないだろうか。

(だって、こんなものを見せつけられたら、どうしたって。ああ……)

獣と化して汁だくの世界にのめりこむ晴紀と真由子をなじりたくなりながら、細く開けた扉の隙間から、なおも葵は組んずほぐれつするふたりを見た。

最初に宣言したとおり、晴紀は真由子の身体をどこもかしこも夢中になって舐め、薄桃色に火照った裸身を粘る唾液まみれにした。

今や真由子の裸身は、全身ネトネトと淫靡にぬめり光っている。

圧巻だったのは、太腿、ふくらはぎを舐めしゃぶり、足の指を一本ずつ舐めはじめたとき。

それまでもちょっと引いてしまうぐらい、真由子は敏感に反応し、発情期の猫のような淫らな声を恥ずかしげもなくあげた。

だが晴紀が一本ずつ、音を立てて足の指を舐めたり、指と指の間に舌を挿しこんでしゃぶったりしはじめると、継母のよがりぶりはいちだんと激しさを増した。

驚いたのは「ごめんなさい。見ないで、お願い」と言いながら、自分の指でクリトリスを擦過しはじめたこと。

それだけでも、日ごろの真由子からは想像もつかないはしたなさ。

そのうえ、そんな風に牝芽を擦ると、真由子の膣からはピューピューと透明な汁が水鉄砲のようにしぶいた。

(こんなにいやらしい女だったなんて、ほんとに最低)

葵は真由子を軽蔑した。

父親がこのような女と夫婦の行為にうつつを抜かしていると思うと、父まで穢らわしく思えてくる。

そして、そんな思いは当然のように、晴紀にも向かった。

晴紀はすでに着ているものをすべて脱ぎすて、真由子と同様、一糸まとわぬ姿になっている。

「おお、真由子さん、オマ×コ舐めていい？　あとはオマ×コだけだよう」

(な、なにをいやらしいことを聞いているのよ、ばか)

真由子の脚を開き、すくいあげてM字開脚にさせる晴紀に、葵は怒りを禁じえなかった。この女とエッチをしてくれと頼んだのはたしかに自分だ。だがここまで夢中になって行為にのめりこんでしまうだなんて、このすっとこどっこいはいったいなにを考えているのだ。

(私が好きなんでしょ、お兄ちゃん。ねえ、違うの？　あああ……)

「うあああああ。あああ、晴紀くん、晴紀くん、あああああ」

(もうやめて。そんな声、出さないでよう。興奮しちゃう……)

ついに晴紀は、真由子の股間にふるいついた。そのとたん、真由子はさらなるケダモノと化し、この夜いちばんの淫声をはじけさせる。

温かな汁が、おのれの内股を伝いだしたことに葵は気づいた。よく考えたら、少女はまだただの一回も、スマホのシャッターを押していなかった。

5

「ああ、これがオマ×コ……真由子さんのオマ×コ。はぁはぁ……いやらしい、真由子さん、エロい匂いがする。んっんっ……」

……ピチャピチャ、れろれろれろ。

「うああ。どうしよう、晴紀くん……こんなはずじゃ……私ったら、初めての男の子に……うああ、うあああぁ」

――ブシュッ！　ブシュブシュッ！

「ぷはっ。くぅ、いやらしい……」

これまで感じたこともなかったような気持ちで、晴紀はひとまわりも年上の美女の淫肉に舌を這わせた。

ついさっきまで女の人の身体などナマで見たこともなかったに等しい自分が、ちょっとした全能感とともに、魅力的な熟女にクンニリングスができているだなんて、まったく人生とはわからない。

（やっぱりオマ×コがいちばん感じるんだな。真由子さん、すごいことになっちゃってる）

舐めるたび、真由子は潮を噴いた。

潮噴きシャワーの洗礼を受けながら、晴紀は片手で顔を拭う。拭ったらまたも女陰に吸いついてねろねろと、クリトリスを、ワレメを舌でこじる。

……ねろねろ。ピチャピチャ、ねろ。

「うああ、うああああ。晴紀くん、晴紀くぅん、どうしよう、どうしよう。恥ずかしい。うああああ」

（真由子さん）

上品な熟女の脚をガニ股開きにさせていた。左右に顔をふりながら、ヌメヌメした肉のワレメに思うがまま舌の刷毛（はけ）を使う。

舐めてもすすっても清楚な人妻の淫華からは、ぶちゅり、ぶちゅぶちゅと品のない音を立て、白濁した蜜が泡立ちながらあふれだしてくる。

真由子の肉裂は、やや小ぶりに思えた。

蓮（はす）の花のように開いたワレメの直径は思いのほか短く、年齢よりもはるかに初々しい感じを抱かせる。

ぱっくりと開いた粘膜の園は、たった今切り落としたばかりのような、紅鮭（べにざけ）の断面を思わせた。

唾液と愛液にまみれた粘膜が、艶めかしい隆起を見せつける。

その下方に、さかんにひくつく膣穴があった。牝孔のひくつき具合にまで、なんだかいとおしさがつのってしまう。

大陰唇のビラビラは、なんとも言えないいやらしさ。縁の部分がまるまって、太いところと細くなったところがあり、美しい女性の持ちものとも思えない猥褻さに、鳥肌が立つ。

真由子の身体はどこもかしこもすべらかで、うっとりとするような美しさとまろやかさに富んでいた。それなのに、股のつけ根の裂け目だけは、やはりケダモノじみた生々しさをたたえていることに、晴紀は感動する。

これが、女。

生きている女。

しかもこの陰裂は想像以上に好色だ。

クリ豆をはじくように、右へ左へ舐めるたび、恥溝がさかんにひくついて、白濁した蜜を射精のように飛びちらせた。

真由子はそんな自分の身体を嫌い、顔を覆って恥じらってみせる。

だが熟女の肉体は持ち主の意志を軽やかに裏切り、晴紀が責めれば責めるほど、さらに過敏に反応する。

(――っ。そうだ、葵ちゃん……あっ)

真由子に見られていないのをいいことに、熟女を責め立てながら、ちらっとクローゼットのほうを見た。

そんな晴紀の目に飛びこんできたのは、闇の中に光るふたつの目。

はっきりと顔まではわからなかった。だが葵のものにまちがいない猫のような目が、自分たちに熱烈に注がれているのがわかる。

どうしてだか、葵の身体は小刻みに、休むことなく揺れている気がした。

(葵ちゃんにも見られてる。ああ、ゾクゾクする!)

まさかこんな気持ちになるなんて、始まる前には思いもしなかった。

葵のことなど意識からなくなり、目の前の熟女にいやらしい声をあげさせ、乳くりあう悦(よろこ)びに身も心も溺れている。

「真由子さん、んっんっ……」

……ピチャピチャ、れろん、ねろねろ。

「アァン、だめ。だめだめ。うああ。うあああぁ」

……ビクン、ビクン。

「おお、真由子さん……」

「見ないで……は、恥ずかしい……見ないで……あぁう……あああ……」

ついに真由子はアクメに昇りつめた。

今までも軽いアクメではないかと思える痙攣は何度もあったが、ここまではっきりとした絶頂に突きぬけたのは初めてだ。

「はうう、はうう……」

「ああ、いやらしい」

右へ左へと身をよじり、人妻はオルガスムスの快美感に酔いしれている。

もっちりとした太腿に、何度も肉のさざ波が立った。たゆんたゆんとはずむ乳房の先で、長い乳首が虚空にジグザグの線を描く。

（も、もう我慢できない！）

「真由子さん、ち×ちん挿(い)れたいよう」

晴紀は男女の合体なるものを求めずにはいられなかった。猥褻な汁をダダ漏れさせてぬめり光るサーモンピンクの穴の中で、猛る男根を心のおもむくまま、挿れたり出したりしてみたい。

肉のスリコギでグチョグチョと、しつこいほどに真由子の蜜壺(みつつぼ)をこれでもかとばかりにほじくり返したい。

「あはァ、晴紀くん……」

あらためて覆いかぶさると、熟女の裸体は熱っぽい湿り気を感じさせた。

半分は、しつこいほどに舐めまくった晴紀の唾液のせい。そしてもう半分は、激しい行為の連続で、真由子自身の肉体からにじみだした汗のせいだ。

「挿れたい。挿れたいよう、真由子さん」

「まあ、かわいい」

つい駄々っ子になり、身体を揺さぶってねだった。

真由子は母性本能を刺激されたらしい。淫欲に潤んだ両目をいとおしげに細め、身体を重ねてきた晴紀を愛情たっぷりに抱きすくめる。

(ああ……)

「かわいいわ、かわいい。どうしよう。こんなことを思ってはいけないのに、晴紀くん、私、あなたがかわいくてたまらない」

「真由子さん……」

真由子は晴紀の耳もとに口を押しつけ、艶めかしい声でささやいた。

(幸せだ)

こんなことを思ってはいけない、という言葉は晴紀もまったく同じだった。

またしてもクローゼットのほうを意識するが、真由子に抱きすくめられているせいで、視界に入らない。

熟女の身体は驚くほど熱を帯びていた。

たわわな乳房がクッションのようにはずむ。しこり勃つ乳首が晴紀の胸板に食いこみ、得も言われぬ硬さと熱さを、じわり、じわじわと伝えてくる。

「晴紀くん……ここよ」

「えっ。わわっ」

「ハアァン……」

真由子は晴紀の肉棒を手にとり、自ら股間の牝穴にみちびいた。

ヌルヌルした粘膜のくぼみと亀頭の先がこすれる。それだけで、電気がひらめくような快美感がはじけた。

腰から背中に向かって、ゾクゾクと鳥肌が駆けあがる。びっくりするほどの気持ちよさに驚いて、晴紀は至近距離で真由子を見る。

「真由子さん」

「腰を前に出して」

「えっ」

真由子は両手で晴紀の首を抱くようにし、淫靡に輝く両目をきらめかせて言った。

「前に出して。そうしたら、入るから」

「こ……こう？」

……にゅるん。

「ンハァァ」

「わわわっ」

言われるがまま腰を突きだすや、突然ペニスが温かなぬかるみに飛びこんだ。しかもぬかるみは、全方向から蠕動しながら鈴口を締めつける。

(なんだこれ)

「んっああ、も、もっとよ、もっと」

真由子は色っぽい声をうわずらせ、さらに強く晴紀を抱きすくめた。

そのうえ、もう我慢できないとでも言うように自ら腰をしゃくり、さらに奥まで挿れてほしいとアピールをする。

……ニチャニチャ、ニチャ。

「ああ、真由子さん」

亀頭と膣の擦れあう部分から艶めかしい粘着音がした。強いしびれが亀頭から広がり、晴紀はブルンと身体をふるわせる。

「ハァァ、い、挿れて。ねえ、早く。お願い、晴紀くゥん」

「こ、こう？　ねえ、こう？」

——ヌプヌプヌプッ！

「あああああ」

「うわっ、なにこれ。なにこれ、なにこれ」

ペニスの三分の一ほどが、ぬめる膣に苦もなく飛びこんだ。温かでヌルヌルとした粘膜の筒が、三百六十度全方向から猛る鈴口を締めつける。

「うわあ、真由子さ――」

「もっとよ、晴紀くん。ねえ、もっともっと。もっとお」

「くぅ……」

——ヌプヌプッ！　ヌプヌプヌプッ！

「うああ。うあああああ」

「う、嘘でしょ……気持ちいい。ねえ、こんなの気持ちよくて我慢できないよう」

熟女にあおられ、晴紀は根もとまで男根を挿入した。

またも武者ぶるいのようなふるえに襲われる。必死になって肛門をすぼめ、射精の誘惑にあらがった。

これが女性の淫肉なのか。

女という生き物は誰もがみんな、これほどまでに猥褻で男を気持ちよくさせてくれる小さな穴を、股のつけ根に隠しているのか。

晴紀の怒張は、あらゆるほうからピタリと圧迫されていた。ヌメヌメした豊潤な愛蜜と、その向こうにあるやわらかな粘膜の感触に青年は恍惚となる。

生まれて初めて体験する女性の膣は信じられないほど狭隘で温かく、驚くほどの愛液をあふれ返らせていた。

しかも粘膜の筒は不随意に波打ち、晴紀の男根をむぎゅり、むぎゅむぎゅとしぼりこんでは解放する。

「わあ。真由子さん、出ちゃう。そんなことをされたら精子出ちゃうよう」

「だ、だめ。お願い、我慢して。ねえ、動いて」

真由子は晴紀を見あげ、柳眉を八の字にたわめて哀訴した。

晴紀は気づく。

自分がこれほど気持ちがいいということは、真由子もまた同じはず。

理性などほとんど吹っ飛び、性器と性器を擦りあわせる原始的な悦びを、牝の本能が欲しているはずだ。

「真由子さん」

「お願い、動いて。久しぶりなの。ほんとに久しぶりなの。お願い。お願いィン」

「くぅ……」

……ぐちゅる。ぬぢゅる。

「うあああ。どうしよう。大きいわ、大きい。あああああ」

「うわあ、気持ちいい。出ちゃう。これすぐ出ちゃう」

「出しちゃだめ。動いて、お願い。晴紀くん、私を助けて」

（真由子さん……）

よもや「私を助けて」などとまで言われるとは思わなかった。我を忘れた美熟女は、もはや晴紀の知るいつもの真由子ではない。

（それに「ほんとに久しぶり」ってどういうことだよ）

晴紀にはわけがわからなかった。

もしかして、叔父とはセックスレスなのであろうか。

「くっ、ぬうぅ、真由子さん……」

……ぐちゅる、ぐちゅる、ぐちゅる。

（ああ、気持ちいい！）

「うああ。うあああああ。むぶう、むぶう。ああ、大きいわ。大きいの。そ、それに硬い。硬い、硬い、硬い。うああ。うあああああ。んっぷぷぷぅ」

「はぁはぁ。はぁはぁはぁ」

晴紀は真由子に抱きしめられながら、奥歯を食いしばって腰をしゃくった。

身体を密着させているせいで、熟女がよがり声をあげるたび、生々しい振動がダイレクトに伝わる。

リズミカルに腰をふる動きの影響で、乳勃起がグイグイと胸板に食いこんで熱さと硬さをアピールした。

晴紀の肉棒を目にしたとき、真由子は驚いたように目を見ひらいていた。

血のつながった叔父と甥(おい)ではあるものの、やはりペニスの大きさは別物なのかと、晴紀は思ったのであった。

おそらく真由子は期待してくれたに違いない。まがまがしい晴紀の一物は、女に淫らな憧憬(しょうけい)を抱かせるに十分な力をたたえている。

そして今、真由子はようやく念願かなったという感じで、晴紀の猛りを腹の底にまる呑みしている。

セックスの悦びに溺れるはしたない快感に酔いしれ、とろけるような顔つきになっている。

「はぁはぁ……真由子さん、気持ちいいよう。いいよう、いいよう。女の人のオマ×

コがこんなに気持ちいいものだなんて、知らなかった……あああ……」

「あっあっあっ。ハアァン、んっああ。晴紀くん、晴紀くぅん、あっあああ」

晴紀は鼻息を荒らげて腰をしゃくり、肉傘をぬめるヒダヒダに擦りつけながら甘えた声で言った。

亀頭と膣の凹凸が擦れるたび、腰の抜けそうな気持ちよさがまたたく。

なにがあろうと今日まで人類が繁栄しつづけてきた理由が、理屈ではなく自分の身体でようやくわかった気がしている。

なんて気持ちがいいのだろう。

ほかのことなど、すべてがどうでもよくなるような快さ。

しかも今、晴紀がペニスを挿入し、挿れたり出したりしているのは、とびきり美しく、そのうえとびきり好色でもある、自分のものではない熟女だ。

(興奮する)

いけないことをしているといううしろめたさが、めくるめく快感の劫火にさらに油を注いだ。

もっともっとこの人に、いやらしい声をあげさせてみたいという嗜虐的な欲望が膨張する。だが悲しいかな、さきほどまで童貞だった青年に、この牝肉はあまりに卑猥だった。

（だめだ。やっぱり我慢できない）

「真由子さん、ねえ、出ちゃう。もう無理。無理無理無理。ああ、気持ちいい！」

「ひはっ」

――パンパンパン！　パンパンパンパン！

「うああ。あああ。わ、私も気持ちいい。こんなの久しぶり。久しぶりなの。うあ
あ。うあああ」

（ああ、いっぱい漏らしてる）

真由子の股間におのが股間を擦りつけつつ、晴紀は気づいた。

真由子は肉スリコギで腹の底をかきまわされながら、絶え間なくブシュブシュと失
禁のように愛液を噴きださせている。仰臥する布団に、寝小便でもしたような汁だま
りがどんどん大きくなっていくのがわかる。

（射精する！）

キーンと遠くから耳鳴りがした。不穏な耳鳴りに轟々（ごうごう）とひびく波音のようなノイズ
が重なり、一気に狂騒的になる。

（終わりたくない）

じわじわと高まる爆発衝動を感じつつ、時間よ止まれと叫びだしたい気持ちになった。なんの取り柄もない自分のような男をこんなにも幸せな気持ちにさせてくれる熟女に、泣きたいような気持ちになる。

――バツン、バツン！　パンパンパン！　パンパンパンパン！

(もうだめだ)

「うああ、どうしよう。気持ちいいよう、晴紀くん。気持ちいいよう。イッちゃう。イッちゃうイッちゃうイッちゃうイッちゃう。うあああ」

「で、出る……」

「うああああ。あっあああああ！」

――どぴゅどぴゅどぴゅ！　どぴぴぴぴ！

(ああ……)

めくるめく恍惚の彼方(かなた)へと突きぬけた。

無音で爆弾が炸裂(さくれつ)し、頭の中に強烈な光がひらめく。キラキラとした白一色の世界をロケットのように飛翔する。

(たまらない)

なんとも幸せな、ふわふわとした気持ちになった。背中に羽が生えたようなこの感覚もまた、生涯初体験のものである。

……ドクン、ドクン。

「あう……す、すごい……はあぁ……」

「真由子さん……」

晴紀を現実世界に引き戻したのは、身体の下で痙攣する美熟女の存在だ。

見れば真由子はなかば白目を剝きかけた凄艶な顔つき。意識もほとんど失いかけているのではあるまいか。

呆けたように口を開け、右へ左へとかぶりをふりながらビクビクと痙攣する。肉厚の朱唇の端からよだれがあふれ、耳のほうへと伝っていく。

「はうう……すごかった……は、恥ずかしい……見ないで、晴紀くん……こんな、私……あはあぁ……」

「真由子さん……」

晴紀は、恥じらいながらも絶頂の痙攣を止められない真由子をあらためて抱きしめた。熟れた裸身からはさらなる汗が噴きだし、お湯でも浴びたようになっている。

真由子も晴紀を抱きかえそうとした。

だがその身体には、思うように力が入らないらしい。

青年を抱こうとする手は無様にふるえ、真由子は「ハッ、ハッ、ハッ」と断続的なブレスをする。

なかなかアクメの衝撃から抜けだせないのかもしれない。

晴紀はそんな熟女に甘酸っぱい気持ちになりながら、なおも汗みずくの裸身を抱きしめ、ぬめる膣の中で陰茎を脈打たせた。

（な、なんなのよ、なんなのよ）

アクメに突きぬけたふたりを見ながら、クローゼットの中の少女もまた、ひとりむなしくアクメに突きぬけていた。

今にもへたりこみそうになるのを、必死になってこらえている。

ビクン、ビクンと身体が痙攣し、股のつけ根のはしたない肉裂からは、まだなお濃厚な愛液が、太腿へ、ふくらはぎへと伝い流れている。

（はぁはぁ……なんなのよ、いったい……）

これほどまでの高みに達したのは、生まれて初めてのことだった。

自分で自分に驚いている。

ゆっくりと、ゆっくりと、少しずつ理性をとり戻しながら、葵は乱れた息をととのえ、潤む両目で、ひとつに重なる裸の獣たちを見た。

(お兄ちゃん、なんなの、いったい……)

気持ちよさそうにぐったりと弛緩している晴紀に、葵は怒りとも悲しみともつかない、奇妙な感情を覚えていた。

これはいったいなんなのかと、自分の気持ちを持てあました。

第四章　ご機嫌ななめの少女

1

（納得できない）

前を歩く晴紀に憤りながら、葵はつかつかと近づいた。

晴紀はなにも気づかない。

遅めの足取りで家路をたどっている。

まるでなにごとかを、ずっと考えてでもいるかのように。

晴紀が真由子と灼熱（しゃくねつ）の一夜を過ごしてから、すでに一週間近く経っていた。あれ以来、晴紀はいつもどこか上の空だ。

豹変とも言えた。葵に対する態度にも、どこかぎくしゃくとしたそっけないものが感じられる。

葵は必死になって、なんでもないふりをした。

晴紀のことなど眼中にないという顔をして今日までやり過ごしてきたものの、日に日に自分の感情を持てあますようになっていた。

（納得できない。全然、納得できない）

肩から学生鞄を下げていた。

ストラップをにぎる指に、怒りのあまり力が入る。

「お兄ちゃん」

「おわあっ」

うしろから声をかけた。晴紀は驚いて飛びあがる。

夕暮れの住宅街。

ふり向いた従兄の顔は、葵を見るなりすぐにこわばった。

「葵ちゃん」

「話がある」

「えっ。あ……」

葵は晴紀の手首をつかむや、くるりときびすを返した。とまどう青年をグイグイと引っぱり、大通りへと戻っていく。

「ちょ……葵ちゃん？」

突然の展開に、晴紀はうろたえる。気遣わしげに声をかけるも、葵は無視してズンズンと歩く。

「お兄ちゃん、私、納得できない」

こらえきれず、声に出して晴紀に言った。

「えっ」

背後で晴紀が困惑した声をあげる。

「あ、葵ちゃん、ねえ、葵ちゃん」

「…………」

葵は答えない。

ふり向きもしなかった。

足もとをもつれさせる晴紀を引っぱり、駅へとつづく大通りまで戻る。

夕暮れの車道は行きかう車でにぎやかだ。

遠くを見た。

手を挙げる。

一台のタクシーが、スピードを落として近づいてきた。

2

(冗談だろう)

あまりに強引な少女に動転しつつ、晴紀は緊張していた。

葵とふたり、しゃれた内装ではあるものの、どこかいかがわしさのただようラブホテルの一室に入っている。

明かりを落とした室内は、まるで深海のよう。ブルーの明かりがぼんやりと、押しだまるふたりを浮かびあがらせる。

狭い室内のほとんどを占めるのは、大きなベッドだ。

この部屋がなんのためにあるのかを雄弁に物語るほとんど正方形に近いベッドから、晴紀は目をそむける。

なんと葵はタクシーを飛ばしてここまで来るや、ラブホテルの門を堂々とくぐったのであった。

自宅のある最寄り駅から、車で三十分ほど離れた別の街のホテル。

タクシーの運転手に葵は言った。

——××のラブホテル街の近くまで。

あくまでも「近くまで」と葵はけむに巻いた。

だが、それを聞いた初老の運転手が驚いたように目を見ひらき、バックミラー越しに自分たちを見たことを晴紀は知っていた。

むろんそんな反応は、葵も覚悟のうえだったはず。行き先だけ告げると、運転手を無視して窓外の景色に目をやった。

運転手が仰天したのも無理はない。

なにしろ葵は女子校の制服姿のまま。それでもこれっぽっちも物怖じしない態度に、運転手はあっけにとられたのであろう。

しかもタクシー代金まで葵が払ったとあっては、運転手に出る幕はない。

そうやって葵がいざなったのは、ホテル街の中ではわりとこぎれいに見える小さなラブホ。

まさか来たことがあるのかと聞くと、

——あるわけないでしょ。ばかじゃないの。

憤った口調で葵は吐き捨てた。

つまり葵はすべて下調べをしたうえで、晴紀とともにここに来たということか。

なんのために?

ラブホテルを使おうとする理由など考えるまでもないと思いながら、晴紀は急展開の事態になおもうろたえた。

「葵ちゃん、あの……」

「………」

重苦しい沈黙に耐えきれず、晴紀は葵に声をかける。

制服姿の美少女はベッドの脇にあるソファに座り、脚を組んであらぬ方を見ていた。

晴紀はそんな葵に近づき、美少女を見おろす。

紺のブレザーを脱ぎ、ソファの背もたれにかけている。

丸襟の白いブラウスとグレーのチェックのスカート姿。すらりと長く美しい脚には、紺のロングソックスが吸いつくようにフィットしている。

胸もとにはワインカラーの愛くるしいリボンがあった。

いつも目にしていた装いだが、こうした場であらためて見ると、なんとも非日常感が強い。そしてこの非日常感は、妖しいエロスとも直結していた。

「ね、ねえ、葵ちゃん、これって、いったいどういう……」

晴紀はなおも少女に聞いた。

すると葵は言う。

「失敗した」

「えっ」

「……………」

「し、失敗したって……なにを」

機嫌が悪いことを隠そうともしない少女を持てあましながら、晴紀は問う。

タクシーの中でも、葵は口をきかないどころか目を合わせようともしなかった。

晴紀の知る、いつもの葵とは別人のよう。冷ややかな顔つきでくちびるを結び、思いつめたような表情を見せつけた。

そんな少女が、今ようやく口を開いたのである。

「失敗した」

葵はもう一度同じことを言った。キッとまなじりをつりあげ、責めさいなむ表情で晴紀を見る。

「えっと……葵ちゃん」

「撮れなかった、写真」

「あ……」

葵は言って、悔しそうにくちびるを噛んだ。眉をひそめ、またしても晴紀から視線をそらす。

写真撮影に失敗した件については、とっくに聞いていた。真由子と熱い一夜を過ごした翌日、晴紀は気になって少女にたしかめたのだった。

そのときも、葵は不機嫌そうに「失敗した」とだけ言った。

だが、あんたとなんか話したくないと言わんばかりの態度で距離を開けられ、晴紀はそれ以上、葵となにも話せないまま今日まで来た。

どうして写真を撮るのに失敗したのか、理由はわからない。

スマホの調子が悪かったのかとも思ったが、本当のところは説明してもらえないいまだった。

しかしなにはともあれ「失敗した」と聞いて、ホッとしている晴紀がいたことだけはまちがいない。

あの夜以来、晴紀の中では劇的と言っていいほど大きな変化が生まれていた。

真由子がいとおしくなってしまったのだ。

葵に頼まれ、いとしい少女とエッチがしたいばかりに引きうけた汚れ役。

罪もない熟女を罠にはめる手助けをすることは心苦しかったが、魅惑の継母への淫靡な興味もあり、奸計に手を貸す道を選んだ。

だが真由子と一夜を過ごしてみると、もはや晴紀は彼女に首ったけ。昼は淑女、夜は痴女を地でゆく美熟女に、身も心も奪われてしまった。

あれほど葵が好きだったのに。

しかも葵もまた、自分に好意を抱いてくれているとわかっているのに、それでも晴紀は、真由子と乳くりあう以前の彼には戻れなかった。

身勝手な話であることは百も承知だ。

葵から対話を求められたなら、自分の気持ちを伝える用意はあったものの、今日まで機会は与えられなかった。

だが、ある意味それは、晴紀にとっても渡りに船だった。

真由子について晴紀なりに、しっかりと考える時間を与えられたようなものだったから。

やはり自分は真由子が忘れられない——時間が経てば経つほど、晴紀はそう確信するようになった。

叔父も葵もいないふたりきりのときに、自分の正直な気持ちを本人に伝えたこともある。

しかし、真由子は言った。

――ごめんなさい。あのときのことは忘れて。やっぱり、あんなことをしてはいけなかったの。私は、あなたの叔父さんの妻なの。

熱烈だったあの夜の甘さから一転、真由子は晴紀を突きはなすような態度をとった。

そして晴紀が知らなかった夫婦の秘密を、包みかくさず彼に告白した。

なんと、叔父の悟はEDだという。

しかも真由子は結婚前にそのことを叔父から知らされ、それでも悟とともに生きる道を選んだのだそうだ。

どうしてかという理由を聞き、晴紀は複雑な気持ちになった。

真由子は自分が痴女であることを、やはり知っていた。

そして、そんな自分の肉体を恥じらい、忌みきらい、女の悦びなど放棄するかたちで、叔父といっしょに歩む人生を選択した。

ところが、日に日に完熟へと向かう肉体は、悪魔だった。

真由子の気持ちを軽々と裏切り、日ごと夜ごと、不埒なうずきを孤独な人妻は持てあますようになった。

欲求不満の苦しみは地獄のようだった。その結果、つい魔が差して、晴紀に救いを求めてしまったのだと真由子は語った。

それはやはり過ちだったという、心にグサリとくるひと言とともに。

真由子の気持ちはよくわかった。

叔父と真由子の寝室から、深夜になってもなんの気配もしてこなかった理由もようやく得心がいった。

だが、それはそれ。

自分の感情とは関係がない。

おのれを持てあました晴紀はそれでも真由子にすがろうとした。しかし、後悔の念が強いらしい人妻の意志は固かった。

ショックだった。

家族たちがいる場では、真由子も晴紀も今までと変わらないようにふるまったが、ふたりきりになったときは、真由子は逃げるように晴紀を避けた。

どうしていいのかわからなかった。

必死に冷静になろうとした。

苦しかった。

頭では理解できても、身も心も置いてけぼりを喰らっている。

途方に暮れた晴紀は、毎日が生きる屍のようだった。

葵のことなど考えられなくなっていた。

そんな晴紀からしたら、この展開にはうろたえるしかない。

ずっと不機嫌だった葵がいきなり接近してきたばかりか、なにゆえいきなりラブホなのか、わけがわからなかった。

「しゃ、写真を撮るのに失敗したことは、たしかに聞いたよ。でも」

顔をそむけるご機嫌ななめの少女に、晴紀は言った。

「それとこの……なんて言うか、この場所と、なんの関係が——」

「私が好きって言ったじゃない」

晴紀をさえぎるように、葵は言った。

ふわりと黒髪を踊らせ、こちらを見る。アーモンドのような形の両目には、怒りがにじみだしている。

「葵ちゃん」

「言ったじゃない、私が好きって。それなのに、なんなの、あんな……あんないやらしい女に、ばかみたいに甘えて」

「えっ……」

晴紀はようやく気づいた。

嫉妬。

ひょっとして美少女は、焼きもちを焼いてくれているのか。

信じられなかった。神様から二物も三物も与えられた特別な少女が、自分ごときにジェラシーを感じてくれているというのか。

(葵ちゃん)

素直になれず、不服そうにくちびるをすぼませる乙女に胸がときめいた。

だが同時に、晴紀は気づく。やはりもう、自分の心は美少女から確実に離れてしまっている。

「悔しくて、写真撮れなかった」

どす黒い感情を吐きだす口調で、葵は言った。

胸の内を言葉にすることで、ますます気持ちが昂ってきたのか。キュートな美貌に、見たこともないとげとげしいものが色濃くなる。

「葵ちゃん、あの——」

「ねえ、もしかして好きになっちゃった？」

「えっ」

ズバリと少女は斬りこんでくる。

究極の真実をひと突きされた心境になり、晴紀は言葉を失った。

「……やっぱりそうなんだ」

女の勘なるものは、やはりばかにできない。語らずとも、晴紀の反応を見てすぐさま葵は察した。

「葵ちゃん、聞いて」

「いやだ。いやだ、お兄ちゃん」

「わわっ」

驚いたことに、ソファから飛びだすと、葵は晴紀にむしゃぶりついた。まるで獲物に飛びかかる肉食動物のようだった。

「ああ……葵ちゃん」

「はぁはぁはぁ」

少女の勢いをまともに受け、もつれあいながらベッドに倒れこんだ。つりあがり気味の少女の両目がキラキラと輝いている。

晴紀はハッとした。

気持ちを昂らせた葵が泣いているように見えたのだ。

「ねえ、葵ちゃん、ちょっと……」

「いやだ。あんな女、好きにならないで。お父さんみたいにならないで」

「──っ。葵ちゃん」

声をふるわせて訴える葵のひと言が、またも矢のようにハートを射ぬく。

少女の覚えている怒りや悲しみの根っこの部分を、いきなり見せられたような気持ちになった。

「葵ちゃん」

「みんなあの女に奪われちゃう。みんな、みんな。どうして私がこんな思いをしなくっちゃいけないの」

「あっ。むんぅ……」

葵はやはり泣いていた。涙にむせびつつ、訴えるような激しさで、自ら晴紀の口に肉厚の朱唇を押しつける。

（ああ……）

「お兄ちゃんのばか。ばかばか。どうして私が……私が……んっんっ……」

……ちゅうちゅぱ。ピチャ。んぶちゅう。

晴紀に覆いかぶさった少女は右へ左へとかぶりをふり、青年の口を吸った。恥も外聞もかなぐり捨てたかのような熱烈な求め。意志とは関係なく、股間の一物がムクムクと不穏に力を持ってくる。

「むんぅ、むんぅ、お兄ちゃん……いかないでよう、いかないでよう……んっ……」

「葵ちゃん、おおお……」

(どうしよう。興奮しちゃう)

葵との熱っぽい接吻に身をまかせつつ、晴紀は思った。

温かな液体が、あとからあとから晴紀の顔に雨滴のようにしたたる。

涙だ。葵は慟哭しながら、なおも夢中になって晴紀の口を吸い、ついには自ら舌まで突きだしてくる。

「はぁはぁ……んっんっ……お兄ちゃん、お兄ちゃん……んっ……」

「おお、葵ちゃん、むはぁ……」

……ピチャピチャ、ねろねろねろ。

舌と舌とを擦りあわせると、甘酸っぱさいっぱいの快美感がまたたいた。股のつけ根がキュンとうずき、肉棒がさらに反りかえる。

（なんてこった）

晴紀は絶望的な気持ちになった。ペニスは、あっという間にビンビンだ。デニムの下で、亀頭がせつなく痛みを発する。

「お兄ちゃんのばか。んっんっ……」

（葵ちゃん、いやらしい顔……）

なおも涙のしずくを晴紀の顔に注がせつつ、美少女は晴紀の舌におのが舌を擦りつける。

そのせいで可憐な美貌がくずれ、人相が一変していた。舌を飛びださせるせいで、鼻の下の皮が下品に伸び、突っぱっている。左右の頬がえぐれるようにくびれ、濃い影ができている。

しかも乙女は鼻をすすり、両目から涙をあふれさせていた。

誰もがあこがれとともに見つめる美少女とも思えないその姿に、晴紀はよけいに劣情を膨張させる。

（たまらない！）

「おお、葵ちゃん」

「んっあああ」

華奢な身体を抱きすくめ、攻守ところを変えるかのように身体を反転させた。今度は青年が少女に覆いかぶさる。

葵の身体は、早くも淫靡な火照りを帯びていた。生々しさを感じさせる火照り具合に、晴紀は淫らな欲望をつのらせる。

（真由子さん）

そのとたん、青年の脳裏に去来したのはいとしい熟女だ。

晴紀の陰茎を艶めかしく包みこみ、ヌルヌルした汁といやらしい粘膜でこれでもかとばかりにあやしてくれた、温かな牝肉がリアルによみがえる。

こんなことをしてはいけないという思いが強くなった。

葵から真由子に心変わりしてしまっただけでも人としてどうかというレベル。そのうえ真由子がだめならまた葵となどというのは、確実に人の道をはずれてしまう。

ところが——。

「い、いやだ。思いださないで、あの女のこと」

やはり葵の勘はそうとうに鋭敏だ。

ちょっとした晴紀のしぐさから、すぐさま心の内をズバリと見抜く。駄々っ子のようにおのが身体を揺さぶって抗議する。

「――っ。うわ、葵ちゃん、おおお……」

葵はスカートの中からブラウスのすそを引っぱりあげた。せわしない手つきでボタンをはずし、ブラウスの合わせ目を左右に開く。

露になったのは、かわいい花柄のブラジャー。

Eカップ、八十五センチ程度はあると見ていたが、あにはからんや想像していたとおりの大きさをしている。

ほどよい量感の初々しい乳が、高校生らしい清潔感と愛らしさを感じさせるブラカップに締めあげられている。

「葵ちゃん」

「こ、興奮してよう。ねえ、無理？　私、あの人に勝てないの？」

「あああ……」

葵はじれったそうに、晴紀の両手をつかみ、自分のおっぱいに押しつけた。

やわらかさと生硬さのどちらをも感じさせるふくらみが、ふたりの勢いを受けてふにゅりといやらしくひしゃげる。

「揉んで。ねえ、揉んでってば」

涙声で葵は訴えた。

晴紀の指に自分の指を重ね、揉んで、揉んでという言葉のとおり、グニグニと白い指を開閉させる。

「うお、おおお……」

乳を揉むのは葵の意志だったが、艶めかしくひしゃげる感触をダイレクトに感じているのは晴紀の指だ。

ブラジャーのカップが、カサカサと乾いた音を立てる。

カップの生地の向こうで、育ちざかりのEカップ乳が何度も変形しては内側からブラカップを押しかえす。

(も、もうだめだ)

「あっ……はう、はうぅ、お兄ちゃんのばか。興奮してよう。ねえ、してよう。私、ほんとはこんなことをするような安い女じゃ――」

「ああ、葵ちゃん」

「あああああ」

とうとう淫らな欲望が完全に発火してしまったのを晴紀は感じた。ブラカップの縁に指をかけるや、許しも得ずにブラジャーを鎖骨のほうまで引きあげる。

――ブルルルンッ!

「ハアァン、いやあ……」

「おお、葵ちゃん、こんなことをされたら俺」

「んっあああ」

中から飛びだしてきたのは、十七歳の健康的な乳房。伏せたお椀のような形をしたおっぱいが、プリンのように揺れながら眼前に姿をさらす。

晴紀は両手で、わっしと乳を鷲づかみにした。

葵によばいをかけられたあの夜は、直接揉むことのかなわなかったおっぱいを、あろうことか本人にせがまれ、今日は好き勝手に揉んでいる。

この娘はまだ高校生なのに。

こんなことをしていい権利は、いろいろな意味で自分にはないのに。

「おおお、葵ちゃん」

……もにゅもにゅ。もにゅ。

「あっあっあっ。あっあっあっ……い、いやン、お兄ちゃん、恥ずかしい。あぁン、そんな。ひはっ。んふぅわあ……」

「はぁはぁはぁ」

フンフンと鼻息を荒くして、晴紀はふたつのおっぱいを揉んだ。

乳のいただきをいろどるのは、淡い鳶色をした乳輪と乳首。乳輪はほどよい大きさで、乳首はサクランボのようである。

乳首は早くもビビンと勃起し、せつないほどにためこんだ官能を、しこったまるみが生々しく伝える。

「あ、葵ちゃん」

「うあああぁ」

グニグニと乳を揉みながら、晴紀は片房のいただきに吸いついた。ねろねろと舌を踊らせ、しこった乳芽を舌で転がす。

「あああ。うあああああ。いやぁ、だめ……あっあっ、ふはぁ、ふはぁ。ハアァン」

右と思えば今度は左。

左と思えば次は右、というように、晴紀はせわしなくどちらの乳首も舐めしゃぶり、唾液でドロドロの眺めに変えていく。

揉めば揉むほど、少女の乳房は淫靡な張りを増した。同時に乳首も、しゃぶるほどにビンビンとさらに硬くなって快く舌にまつわりつく。

「ハアァン、お兄ちゃん……あっあっ、いやだ、どうしよう……あぁン……」

「くうぅ、葵ちゃん」

させる。

晴紀は少女の乳を解放すると、スレンダーな肢体を反転させ、四つん這いの格好にさせる。

獰猛な性欲が度しがたいものになってきた。

「ああああ」

「お、お兄ちゃ……きゃあぁ」

晴紀の性急な求めに、葵はとまどったようだ。

だが晴紀は、もう自分をおさえられない。ヒラヒラとすそをひるがえす制服のスカートを腰の上までまくりあげる。

「うおお、すごい……」

薄暗いブルーの照明にさらされたのは、意外にボリュームを感じさせる美少女のヒップだった。

葵は晴紀の手で、移動途中の尺取虫みたいな姿におとしめられている。

上半身をベッドに突っ伏し、尻だけを高々と上げた煽情的なポーズ。まんまるなお尻に吸いついているのは、ブラジャーと同じデザインの花柄パンティだ。

ググッとヒップを突きだすせいで、下着の布が突っぱって、白い臀部にギチギチに食いこんでいる。

「葵ちゃん、もうだめだ。興奮する」

「お、お兄ちゃん、あの、ちょ……きゃあああ」

火が点いてしまった従兄に、少女がたじろいでいるのは明らかだ。

落ちついてとでも言うかのように、積極果敢な誘惑ぶりから一転、けおされたようになっている。だが、今さらそんな態度に出られてももはや手遅れだ。嗜虐的な欲望にかられた晴紀は、問答無用とばかりに葵の尻からパンティを剝いた。

「いやあ……」

「おお、葵ちゃん……」

まるだしの尻肉が晴紀の眼下に姿を現す。

やはり意外な気がした。華奢な体型なはずの少女の臀部が、よもやここまでの迫力をたたえているとは思いもしない。

たしかにそれはまだ青い果実。薄い皮膚の内側に甘さととろみを満タンにした真由子の熟れ尻とはおもむきが違う。

真由子の尻は、指先でそっと皮をなぞったら、すぐにもピュピュッと甘い果汁が飛びちりそうな食べごろ感があった。それと比べたらこの尻は、気やすく触れてはならない発育途上の尻である。

しかし、そうであるにもかかわらず、ボリュームはまったく別だ。

食べごろにはほど遠い青い果実ではあるものの、男心をそそる巨大さとまるみに、晴紀は息づまる思いになる。

そのうえくぱっと開いた臀裂の底では、乳輪と同様、淡い鳶色をしたアヌスが恥ずかしそうに開いては閉じている。

(でもって……ああ、とうとう見えた!)

パンティを脱がせ、片脚の太腿にまつわりつかせた。葵の両脚をさらに開かせた晴紀は、首を伸ばして究極の部分をのぞきこむ。

会陰の下には、剝きだしになった美少女の恥裂があった。青い闇の中で見るや、あまりの幼さに晴紀は「おお……」と感きわまってしまう。

ふっくらと、大福餅のように盛りあがるヴィーナスの丘。淡くもやつく陰毛の繁茂こそあるものの、へたをすると幼い子どものもののようにすら見える、成熟とはほど遠い陰唇は、くっきりと縦一条(たてひとすじ)のワレメが入っている。

わずかに小陰唇のビラビラこそ飛びだしてはいるものの、かもしだす味わいはやはりどうにも幼い。

見てはいけない、アンタッチャブルなものを感じさせる。

だがそうであるにもかかわらず、美少女もまた、早くも淫らな欲望の虜になってい
るようだ。
ぴたりと閉じたワレメの狭間から、よだれのように愛蜜があふれだしていた。もう
合体の準備はできているのかと思うと、晴紀は不埒な激情をどうにもできない。
(真由子さん)
衝きあげられる気持ちで全裸になりながら、またしてもいとしい熟女を想った。
あの人のことを想うなら、なにがあろうとこんなことをしてはいけない。真由子に
二度目の関係を断られてしまったことなど、なんの理由にもならなかった。
だが晴紀は、葵の色じかけに抗しきれない。
自分のだめ人間ぶりを自覚しながらボクサーパンツを脱ぎすてれば、勃起した極太
がししおどしのように上下にしなる。
ふくらみきった亀頭は、尿口からカウパー氏腺液を漏らし、セックスへの焦げつく
ような渇望を訴えていた。
「ううっ、葵ちゃん」
晴紀は合体の体勢に持ちこんだ。
いよいよ葵の処女を奪うときが来た。

獣の体位に這いつくばる少女の背後に膝立ちになる。猛る怒張を手にとって角度を変えると、幼さを感じさせるワレメにググッと亀頭を押しつけて——。

「ハアァン、お兄ちゃん」

「おおおっ、葵ちゃん、葵ちゃん！」

——ヌプヌプヌプッ！

「あああああ」

「くうぅ、狭い……」

汗をにじませだした尻肉をつかんでバランスをとると、一気に腰を突きだした。

美少女の蜜穴は、亀頭をいやがって押しかえすような動きをする。だが、性欲を剝きだしにした青年の勢いにはあらがえない。

晴紀の肉棒は、閉じようとするワレメを亀頭の形にこじ開けるや、一気に半分ほどまで少女の腹の底にもぐりこむ。

「い、痛い……」

「あっ……」

葵の喉から悲痛なうめき声がこぼれた。見ると美しい少女はベッドに突っ伏し、くちびるを嚙んで痛みに耐えている。

晴紀は上体をのけぞらせ、性器がひとつにつながる部分をたしかめた。

（ああ……）

思ったとおり、葵のワレメは極限まで突っぱって、くわえこむには大きい晴紀の男根を呑んでいた。恥裂の縁から破瓜の鮮血があふれだし、その痛々しい眺めに、晴紀は罪悪感にかられる。

「葵ちゃん、ごめ――」

「挿れて。全部挿れて」

葵は窮屈なポーズのままこちらをふり向き、なんとも色っぽい声で哀訴した。

「でも」

晴紀は躊躇する。欲望にかられてしまってはいたが、痛い思いをさせるのは本望ではない。

しかし、葵は言う。

「やめないで。こんなところでやめちゃいや。恥、かかせないで。私、そんなに魅力ないの？」

「くぅ、葵ちゃん……」

「挿れて。全部挿れて。挿れてってばあ」

「ぬぅ……」

――ヌプッ！

「うあああ」

「うおお、マジで狭い……」

――ヌプヌプヌプッ！

「あああ。ああああああ」

(う、嘘だろう)

望まれるがまま、とうとう晴紀は根もとまで、あまさず男根を美少女の膣内に挿入した。桃のような尻と青年の股間が密着する。少女の体熱がさらに上がっていることを生々しく感じる。

晴紀は動転していた。

とにかく狭隘なのだ。

葵の胎肉は、挿入する穴をまちがえてしまったのかと当惑したくなるような狭さ。しかも全方向から強烈な力で怒張を締めつける。

(わあっ)

まだ動いてもいないのに、むぎゅっと陰茎を締めつけられ、射精のように一回だけ我慢汁が飛びちった。悪寒のような鳥肌が立ち、今日もまた長くはもちそうにないと情けなさがつのる。

「う、動いて、お兄ちゃん。ねえ、動いて」

性器の結合部からは真っ赤な血がにじみだしていた。

痛みはなおもつづいているはずだ。

しかしそれでも、葵は晴紀をあおった。つらそうに柳眉を八の字にたわめながらも、こちらをふり返り、哀切な声で懇願する。

「けど」

晴紀はとまどった。言われるまでもなく、すぐにでも腰をふりたかったが、覚える罪悪感も半端ではない。

「動いてよう。ねえ、最後まで犯して。気持ちよくなって」

「葵ちゃん」

「動いて、動いて」

（え、ええい）

なかば捨て鉢な気持ちで、晴紀は腰を使いはじめた。

……ぐぢゅる。ぬぢゅぬぢゅ。

「あああ、い、痛い……」

「葵ちゃ――」

「痛くない、痛くない。いいから動いて。私を犯して」

「ぬぅ、ぬうぅ……」

……グチョグチョグチョ！　ヌチョヌチョヌチョ！

「あああ。ああああああ」

「はぁはぁ。はぁはぁはぁ」

抜き挿しするにはかなり狭い肉壺の中で、必死になってペニスを動かした。カリ首と膣ヒダが窮屈に擦れはするものの、たっぷりの愛蜜が潤滑油になり、ピストンの動きは思いのほか軽快だ。

（ああ、気持ちいい！）

肉傘と膣の凹凸が摩擦するたび、火花の散るような快美感がまたたいた。口の中いっぱいに唾液があふれ、上下の歯茎が甘酸っぱくうずく。

少女の胎路は、愛液こそ豊潤とは言え、やはり生硬な感触だ。こんなことをしてしまうにはまだいささか早い、あどけなさの残る膣。だがそう思うと、罪悪感とは別にほの暗い高揚感も膨張する。

「あううっ、あっあっ……ハアァン、んっあああ……」

「葵ちゃん……」

次第にピストンはリズミカルなものになった。愛蜜だけでなく、処女を散らした痛々しい鮮血まで愛のオイルにして、膣ヒダと肉傘を擦りあわせる。

葵はもう、痛いとは言わなくなっていた。

ときおりつらそうに顔をしかめはするものの、痛みとは別の感覚が少しずつ、みずみずしい肉体にあふれはじめたことがわかる。

「あっあっ……んああ、ハアァ、お兄ちゃん、ねえ、気持ちいい？」

「えっ……」

ガツガツとバックから突かれ、前へうしろへと身体を揺さぶられながら葵は聞いた。

「わ、私、お兄ちゃんを気持ちよくさせてる？　ねえ、言って。私の身体、気持ちよくない？」

「き……気持ちいいよ！」

なんてかわいいことを言ってくれるのだろうと、晴紀は浮きたった。

生硬で初々しい膣肉は、可憐で負けん気な気質とワンセット。

プライドの高い乙女の処女を、おのれの勃起で奪えた悦びが今ごろになってじわじわと晴紀の胸に染みわたる。

「ほんと？　あっあっあっ……ほんと、お兄ちゃん？　ねえ、あの人より――」

「おお、葵ちゃん、葵ちゃん！」

「ひはっ」

――パンパンパン！　パンパンパンパンパン！

「うああ。お、お兄ちゃん。いやン、激しい。うああ。うあああぁ」

ごまかすつもりはまったくない。実際問題、もうこれ以上は我慢できないという事態になってしまったのだ。

晴紀は膝の位置をととのえ、怒濤のピストンでぬめる膣肉をほじくり返す。

射精寸前の肉スリコギが、処女を散らしたばかりの膣粘膜をかきむしり、ひと抜きごと、ひと挿しごとに爆発衝動が大きくなる。

(だめだ。ほんとにだめだ！)

――グチュグチュグチュ！　ヌチュヌチュ、グチュグチュ！

「あっあっあっ。ひはっ。ひはあぁ。ああ、激しい。いや、なにこれ。なにこれえ」

「はぁはぁはぁ」

いよいよ晴紀はラストスパートに入った。

汗ばむ尻に指を食いこませ、しゃくる動きで前後に腰をふる。射精寸前の鈴口を、粘る汁音をひびかせて、乙女の膣ヒダに擦りつける。

火を噴くような電撃が、そのたび亀頭からはじけた。

懸命に肛門をすぼめてもどうにもならない臨界点が、速度を上げて接近する。晴紀の股間が葵のヒップに激突する、湿気を帯びた爆ぜ音がひびく。

――パンパン！　バツン、バツン、バツン！　パンパンパンパン！

「あああ。うあああああ。お兄ちゃん、わ、私も……ああ、なにこれ。なにこれなにこれなにこれ。あっあっ。うああ。うああああ」

「あ、葵ちゃん。出る……」

「うああ。あっあああああっ！」

――どぴゅ！　びゅるる！　どぴどぴどぴどぴっ！

（おお……）

あっけなく、晴紀は達した。

青年の勢いに耐えきれず、とうとう葵は完全に突っ伏す。晴紀はそんな乙女に性器を引っぱられ、彼女の背中に覆いかぶさった。

少女のブラウスは、汗でぐっしょりと湿っている。その向こうには、とくとくと心臓を打ち鳴らす、熱い肉体があった。

……ドクン、ドクン、ドクン。

根もとまで葵の膣に埋まった男根が、音さえ聞こえそうなたくましさで、何度もくり返し脈動した。

そのたび大量の精液が飛びちり、最奥の子宮をビチャビチャとたたく。

「ああ……おにい、ちゃん……すごい……いっぱい、出てる……んああ……」

「葵ちゃん……」

どうやら葵も軽いアクメに達したようだ。晴紀の下で、美少女は不随意な痙攣をくり返した。

額や頰に、黒髪がべったりと貼りついている。

あたりはブルーに染まっていたが、葵の美貌が湯あがりのように紅潮しているのが晴紀にはわかった。

「あァン、こんなに、いっぱい……男の人って……こんなに、すごいの？　ハアァン、んっああ……」

葵の表情は恍惚とし、どこか夢心地なままだった。

見られることを恥じるかのようにベッドに顔を埋めては、息苦しさにかられて横を向く。

（俺ってば……こんなに射精して……）

なおもペニスは痙攣していた。精液の残滓を、どぴゅっ、どぴゅっと少女の膣奥に粘りつかせる。

激情の時間がゆっくりと収束していく。とろけるような多幸感に変わって晴紀を支配しはじめたのは、形容しがたい後悔だ。

（葵ちゃん……）

葵はなおも小刻みな痙攣をくり返す。そんな少女とひとつにつながったまま、晴紀は重苦しい気持ちになった。

自分という男の情けなさに、ため息がつきたい気持ちになった。

第五章　運命の夜

1

葵との情交から十日ほど。

晴紀は煩悩の日々を過ごしていた。あんなことをしてしまったせいで、思いまどう日々はさらに狂おしさを増すことになった。

葵が家を出てしまったのである。

「あんなこと、言わなきゃよかったのかな。でも、もう嘘はつきたくなかったし」

二階の自室。

ひとり悶々（もんもん）としながら、晴紀は重苦しいため息をついた。

ラブホテルでの行為のあと、晴紀はすべてを葵に打ち明けた。

――ねえ、私とあの女とどっちが好き？　私だよね、お兄ちゃん。

と、すがるように抱きしめられ、返事を求められたからだ。

――ごめん。俺、葵ちゃんとはつきあえない。

覚悟を決め、晴紀は少女に告げた。

あれほど恋いこがれた少女だったのに、こんな返答をしなければならないときが来るなんてと、不思議かつ複雑な気持ちになりながら。

そして、ヒステリックな反応を示す葵に、真由子への真摯な想いを正直に話した。

すると……。

――色惚(いろぼ)けしているだけだよ、お兄ちゃん。

――あの女のいやらしい身体に夢中なだけでしょ。

葵は猛然と反駁(はんばく)した。

いや、そうではないと、言いきれる確証は残念ながらなかった。

真由子の熟れた肉体は、たしかにウブな若者を腑抜けにさせる魔性の淫力に富んでいる。

だが、決してそれだけではないのだと思う気持ちにも嘘はない。

孤独な人生をひとりさびしく生きてきた満たされない熟女に、自分でいいならもっともっとできることをしてあげたい。

あの夜の真由子を思いだすと、ひとまわりも歳の離れたおとななのに、かわいいと思ってしまう晴紀がいた。

晴紀はそんな想いをどうすることもできなかった。

葵は真由子を痛罵した。

気持ちはわかるものの、聞き捨てならない非難の言葉の数々に、晴紀は覚悟を決めた。そして、涙を流してパニックになる少女に、真由子たち夫婦の隠された真実を話したのである。

そんなことまで自分ごときが口にしていいのかどうか、かなり迷った。

だが口汚い言葉で継母を罵倒し、真由子はもちろん、自分自身まで傷つけている葵を見ていると言わずにはいられなかった。

継母と父親の間に性的な関係がないことを知り、葵は仰天した。

信じられないという感じで目をパチクリとさせ、ふりあげた拳の持っていきどころに窮するような反応をした。

恋する男がEDだと知っても、真由子が悟と添いとげる道を選択した理由についても、晴紀は少女に聞かせた。

そうしたせつない決断が、そのあとどれほどの苦しみを真由子にもたらし、生き地獄のような日々を強いられなければならなかったかも。

——葵ちゃんは真由子さんがいやなんでしょ？　だったら俺が、真由子さんを葵ちゃんの目のとどかないところに連れていく。あの人には俺が必要だと思う。

晴紀はそうとまで言いきった。

真由子が聞いたら一笑に付されそうな覚悟ではある。

独りよがりもいいところ。

だが、それがひとつの解決手段であることは事実であろう。

「もっとも……叔父さんの気持ちをいっさい考えないとしたらっていう、身勝手な条件つきではあるけどさ」

自虐的に言って、どんよりとため息をつく。勉強机の椅子にもたれ、天井を向いて押しだまる。

自分の気持ちを持てあましたらしい葵は、ラブホテルでいろいろと話した三日後、忽然(こつぜん)と家から姿を消した。

しばらく友だちの家から学校に通うと一方的に両親に通達し、許しも得ずに強行突破で自分の思うとおりにした。

頼ったのは、女子校で仲のよい友人。

裕福な資産家の娘で、空いている部屋ならいくらでもあるからと受け入れてもらい、好意に甘えることになった。

しばらくは叔父も真由子も、そのせいでバタバタつづきだった。

先方へのあいさつに何度も出向いたり、なんとか葵と話しあおうと骨を折ったり、知らん顔をしているのが申し訳なくなるほど、ふたりして多忙を極めた。

しかし葵はあらかじめ、晴紀にだけはこう言い残していた。

——お兄ちゃんがどうだとかあの女がどうだとか、お父さんに言うつもりはいっさいないから。だからお兄ちゃんも、どうして私が家を出ることになったのかさっぱりわからないってことにしておいて。約束よ。

そう言われてしまっては、積極的に叔父たちの中に入っていけなかった。

すべては自分のせいとわかってはいたが、多くを語らぬ叔父と真由子に合わせるかたちで、こちらからも距離をとっていた。

もちろん真由子とあんなことになってしまって以来、叔父に対して感じる引け目も関係している。

できることなら、悟と会話をする時間は少しでも少ないほうがありがたかった。

罪悪感が半端ではなかったからだ。

だが人間とは、いや、男とはなんと複雑怪奇でわけのわからない生き物であろう。

叔父への罪の意識やうしろめたさはヒリつくほど感じているのに、時間が経てば経つほどに、真由子への断ちきれない想いもまた強いものになっている。

（あ、シャワー……）

階下のバスルームからシャワーの音が聞こえだした。

その音を耳にしたとたん、レモンを嚙みしめたような甘酸っぱいものが口の中と胸に広がる。

時刻は夜の十一時。

家には叔父たち夫婦と晴紀がいたが、一時間ほど前に帰宅した叔父は珍しく泥酔し、真由子に介抱されてすぐに寝室で眠りに就いた。

ひとり娘に関する思いがけないストレスに加え、仕事のほうでもいろいろと多忙なようだ。

営業のプロとして、接待は仕事の一部で自家薬籠中。いくら飲んでも今日ほどべろんべろんになって帰ることはなかったが、成立させたい商談がまとまらず、胃の痛い思いをしていることは雑談の中で本人から聞いていた。

いや、そんなことはどうでもいい。

晴紀はあらためて、階下からとどくかすかな物音に耳をすます。

浴室から聞こえてくるシャワー音に、胸の鼓動が淫靡にはずみだす。

(真由子さん)

夫を寝かしつけ、あれこれと家事を終えた真由子が、ようやく人心地ついているのだろう。

だがそのシャワー音を聞いているだけで、浅ましくも晴紀のペニスは、ムクムクと不埒な力をみなぎらせはじめる。

(なにをするつもりだ、おい)

自身の行為にうろたえ、なじる晴紀もたしかにいた。だが青年は勉強机を離れるとフラフラと部屋を横切り、入口のドアをそっと開ける。

(やめろ。やめろ、ばか。おい)

二階の明かりはすでに完全に落ちていた。

晴紀は自分の行為にうろたえながらも廊下を進み、階段を下りようとする。足を止め、耳をすますと、叔父たちの部屋からは高いびきが聞こえてくる。

よし、と晴紀は思ってしまう。

そんなことを思ってしまってはいけないのに、思ってしまう。

足音を忍ばせて階段を下りた。階段がギシギシときしむたび、叔父が起きてはしまわないかと、ついひやひやさせられる。

一階に下り、廊下を左に進む。

最奥部に洗面所とバスルームがある。

一階の照明も消されていたが、浴室から漏れるオレンジ色の明かりが、洗面所の曇りガラス越しに晴紀のもとまでとどく。

晴紀は息づまる思いにかられながら、暗い廊下をそちらに向かった。

シャワーの飛沫音がどんどん音量と鮮明さを増してくる。

すでに見慣れた景色のはず。

それなのに、闇の中で見る眺めは妙に新鮮で刺激的だ。

「…………」

ドアノブをつかみ、音を立てないようドアを引いた。

シャワーの音が一気に高まる。

洗面所に入った。洗面台や洗濯機が置かれた畳二帖ほどの空間。ここで歯磨きをする姿を何度も見た少女は、もうこの家にいない。

（おお……）

洗面所を入って右手にバスルームがある。アコーディオンドアの曇りガラス越しに、浴室内の光景がぼんやりと見てとれた。

（ああ、真由子さん）

曇りガラスの向こうで、全裸の熟女が動いているのがわかる。

真由子は立ったままシャワーを浴びているようだ。薄桃色をした裸身が曇りガラス越しにわかり、股間の一物がピクンと反応する。

見ればスウェットの股間部が、滑稽なまでにふくらんでテントを張っていた。早く楽にさせてくれと訴えるかのように、下着とスウェットを突きあげて、亀頭が痛みを放っている。

（やめろ、ばか）

浴室に近づき、ドアに伸びてしまう自分の手に、晴紀の中の理性的な人格が叫び声をあげた。その声にハッと我に返り、晴紀は動きを止める。

ところが――。

（や、やっぱりだめだ）

ドア一枚隔てたそこにいるいとしい熟女への想いは、どうしようもないほど狂おしいものになっていた。

これはまちがいなくチャンスだと、思ってしまう晴紀がいる。

なにがあろうと二度とあんなことはできないと、真由子は度重なる晴紀のアプローチをそのたび拒絶していた。それでも晴紀はあきらめず、また真由子に訴えたが玉砕する数が増えるだけだった。

熟女にその気がないことは、もはや歴然たる事実である。

しかしそんな悲しみが、晴紀を大胆にした。

青年はなおもとまどい、激しく葛藤しながらも——。

(真由子さん、ごめんなさい)

もう一度ドアの取っ手に手を伸ばし、そっとそこに指をかけた。

(で、でも。でも)

それでも晴紀は躊躇する。

まさに、善なる晴紀と悪の晴紀が青年の中で激しくバトルしていた。

(だめだ。やっぱりこんなことしちゃ)

やがて、晴紀の中で理性的な彼が勝利をあげそうになった。葛藤に葛藤を重ねたすえ、晴紀は浴室のドアから手を遠ざけ、同時にあとずさりしようとした。

するとーー。

「あああああ」

(えっ、真由子さん)

いきなり浴室から、とり乱した声が聞こえた。

(どうしたんだ)

思いもよらなかった声に、晴紀は動揺する。ふたたび浴室の入口に近づき、ドアの取っ手に指をかけた。

まさか、とんでもない眺めを見てしまうとは夢にも思わず……。

2

(死にたい、死にたい。あああ……)

熱い飛沫を全身に浴びながら、真由子は今夜もまた地獄のような苦しみのただ中にいた。

きっと天罰なのだろう。

夫を裏切り、ひとまわりも歳の離れた青年に救いを求めてしまった報いを、孤独な熟女は茹だるような欲求不満とともに今夜も受けている。

夫の悟を思うと、胸をかきむしられるような罪悪感に苦しめられた。

EDなんて関係ない。いとしい男性がそんな状態でいると知り、むしろ天の采配に手を合わせて歓喜したぐらいである。

それなのに――。

(ああ、晴紀くん)

真由子はまた晴紀の勃起を思いだしていた。今夜も身もだえしたくなるほどの悶絶地獄を味わわされる。

太くて硬い、ゴツゴツとワイルドなペニス。あれほどの長さを持つ男根もまた初めて見るものだった。

そのたくましさを知る牝肉が、ほしいの、ほしいの、あれがほしいのと訴えでもするかのように、淫らに甘酸っぱくうずく。はしたない汁をブチュブチュと肉裂のあわいからにじませてしまう。

だが、二度とあの青年に救いを求めるようなまねをしてはならない。

あくまでも自分は夫のある身。しかも、夫と結婚したらどんな日々が待っているのか承知のうえで嫁いでいる。

今さら、悟を裏切ることは断じて許されない。

真由子を信じて迎え入れてくれたなんの罪もない夫に、今以上の地獄の痛苦を味わわせてよいはずがない。

（耐えて。耐えて、真由子。あああ……）

いつだって真由子はそう思い、声をかけてくる晴紀をすげなく遠ざけた。

（晴紀くん）

寂しそうな表情になる青年もまた、真由子のせいで塗炭の苦しみを味わうことになったもうひとりの犠牲者だ。

自分が人妻としての貞節を守りきれずによろめいてしまったがために、晴紀にまでつらい思いをさせてしまっている。

（晴紀くん、晴紀くん）

抱かれたかった。

生命力あふれるウブな青年にもう一度身をまかせ、つたなくはあるもののそれをおぎなってあまりある怒濤の性欲に、もう一度翻弄されたい。

しかし、そんなことを望んではいけない。そんなことを望んでしまってよい女では、自分はない。

もしかして、自分が家に来たことで葵も調子が狂ってしまったのではないだろうか。

自分のことを快く受け入れ、いっしょに生きようとしてくれていると勝手に思いこんでいたが、理由も言わず、逃げるかのように友人の家に行ってしまった義理の娘を思うと、そのことでも真由子は申し訳ない気持ちになった。

「きゃっ……」

ついビクンとする。

なにもしていないのに、欲求不満を訴えるように股のつけ根で子宮がうずく。

(やめて。もうやめて)

こんな風におかしくなるのはいつものこと。

そのたび真由子は、夫には見つからないよう自分の指でこっそりと欲望を鎮め、夫婦の間に横たわる根深い問題を先送りにして今日まで来た。だが、晴紀とセックスをしてしまって以来、真由子はそんな自慰さえも自分に禁じた。

晴紀のことを思ってしまうからだ。

今までのオナニーは妄想の中の第三者が相手。自分を犯す強くたくましい男性をぼんやりと思い描きながら空想に溺れた。

だが、晴紀とあんなことになってしまってからは、身体がうずきだすとあの青年が淫靡な妄想の主人公になった。

だから真由子は、ついに自慰さえできなくなっていた。晴紀を思って卑しい行為に耽ることもまた立派な裏切りだ。

そのせいで、理屈や道徳では解決できない肉の苦悶は、これまでとはけたはずれに苦しいものになっていた。

とりわけこんな夜ふけになると、熟れた肉体は好色な本能を、絶望的なまでに持ち主に訴える。

(耐えて、真由子。お願い、耐えて)

真由子は首をすくめ、全身を硬直させて卑猥な渇望に耐えようとした。だがそんな熟女を嘲笑うかのように、発情した子宮はキュン、キュキュンと、何度もせつなくうずいては、腰の抜けそうな快美感をはじけさせる。

(ああ、やめて。やめて……真由子!)

肩に湯をかけていたシャワーヘッドを、ゆっくりと移動させた。

白い湯けむりがもうもうとたゆたう浴室の中。室温はサウナのように暑く、裸身からは汗が噴きだしているというのに、悪寒によく似た鳥肌が腰から背すじを駆けあがる。同時にぞわぞわと、大粒の鳥肌が内腿を下りる。

(だめよ、真由子。だめ、やめて)

はしたない行為をしそうになる自分におびえ、心で真由子は悲鳴をあげた。

しかし、白い腕もまた子宮と同様だ。

持ち主の意志を軽やかに裏切り、お湯を浴びせかける部位を肩から胸、胸から腹へと下降させ、ついには——。

「ああああ」

あわてて片手で口を押さえた。

(ばか、なんて声)

しかしそんな風におのれを恥じらいつつも、シャワーヘッドをにぎった片手は、湯をたたきつける場所を移動できない。

「むぶう、むぶう」

片手で口を押さえ、漏れだす声をなんとか押さえつけながら、真由子はよろめき、かたわらの壁に背中を押しつけた。

(あああ。あああああ)

声をあげられないぶん、心で叫ぶ声は狂ったようなものになる。

自らの手でシャワーの飛沫を媚肉に浴びせながら、背すじをたわめ、天をあおぎ、片手で口を押さえたまま、孤独な人妻は恍惚となる。

（……き、気持ちいい！　いやだ、なにを言っているの、私ったら。いけないわ、こんなことしちゃ。でも、でも——）

「んむふう、んむふう、んんゥ、むぶぶゥン」

噴きだすお湯を波打たせるように、手首にスナップをきかせる。浅ましいまねとはわかっていても手首は勝手に動いた。

クリトリスとワレメに襲いかかる熱いしぶきが、感じる部分を容赦なくたたく。真由子は首すじを引きつらせ、随喜の涙を流した。

なんて浅ましい女。なんて恥ずかしい女。こんなところを誰かに見られたら、もう生きていけない。

今日だって、夫は仕事と娘のことでいっぱいになり、一度として見たこともないほどの酔いかたで帰ってきた。

それなのに、妻である自分はいったいなにをしているのだ。

（でも、でも）

「気持ちいい……！　気持ちいい！」

気づけば真由子は、嗚咽しながら言葉に出していた。

もうだめだ、オナニーがしたい――そう思う気持ちをどうにもできなくなり、口を押さえていたほうの手を動かし、伸ばした指を股ぐらにもぐりこませようとした。

「ま、真由子さん！」

（えっ）

そのときだ。思いもよらないことが起きた。

真由子は入口のほうを向き、目を見ひらく。バスルームのドアを開けた晴紀が、裸でそこに立っていた。

（ええっ）

真由子はつい、そこにも目を落としてしまう。

股間の茂みからにょきりと反りかえる一物は、今夜もあの夜のように、まがまがしいまでの欲望を熟女に見せつけた。

3

「は、晴紀くん」

真由子は驚きと困惑を清楚な美貌ににじませ、哀れなほど表情を引きつらせた。

無理もない。

行為に夢中になっていたと思われるが、まさかおのれの淫らな姿を誰かに見られていたとは思いもしまい。

しかし晴紀は見てしまった。

そして、もうあと戻りはできなくなった。

やはりこの人もまた、必死にやせ我慢をしていたのである。こんなシーンを見てしまったら選択肢などひとつしかない。

「ああ、真由子さん」

すばやく服を脱ぎすて、全裸になっていた。

一糸まとわぬ姿になった晴紀は愛する人の名を呼びながら浴室に飛びこみ、うしろ手にドアを閉める。

首をすくめて萎縮する熟女に近づき、その足もとに身をかがめると、むちむちした両脚を大胆に開かせる。

「あああ、晴紀くん」

目の前に、ガニ股姿におとしめられた美女が現出した。

かぶりをふってあらがい、本気で恥じらっているというのに、下半身は身も蓋もないM字開脚姿という激しいギャップがたまらない。

「もったいない。そんなことしないで。苦しいなら俺がしてあげます。つらかったんでしょ、真由子さん。ねえ、必死で耐えようとしていたんでしょ。んっ……」

……ピチャ。

「おああああ」

いつも上品なふるまいで家事をこなす熟女を、ガニ股の格好のままグイグイと壁に押しつけた。

その体勢で、有無を言わせず股のつけ根に舌を伸ばしてふるいつく。

真由子は獣のような咆哮(ほうこう)をあげた。

熟女が天に向かって吠(ほ)えると同時に、すさまじい音が床にひびく。シャワーヘッドを落としたのだ。水圧に負け、蛇のようにくねるシャワーの先から、なおもお湯の飛沫が飛びだして噴水のようになる。

ただでさえ熱く、白い湯けむりのけぶるバスルームに、さらにもうもうと新たな湯けむりが生まれた。

「は、晴紀くん、晴紀くん」

「ああ、いやらしい。オマ×コ、もうこんなにヌルヌルしているよ、真由子さん。んっんっ……」

……ピチャピチャ、れろれろれろ。

「んっあああ。ああ、そんな。晴紀くん、だめだめ、んっぷぷぷっ」

暴れる女体を必死になって両手で拘束し、なおも晴紀は真由子に下品なガニ股姿を強要した。

エロチックな状況から想像はついたが、その淫肉はすでにどうしようもないほどとろとろにとろけている。

そんな女体のいやらしさに陶然となりながら、晴紀は夢にまで見た魅惑の女体に、またしても吸いつけた僥倖に歓喜した。

貝肉のビラビラを思わせる肉厚のラビアは、自身の卑しい欲望に白旗を揚げるかのように、べろんとめくれ返っている。

そのせいで、慎ましく隠していなければならないはずの牝粘膜の園が、早くも剥きだしだ。蓮の花のような形状を惜しげもなくさらし、サーモンピンクのぬめぬめした粘膜を晴紀に見せつける。

「んっぷぷぷぅンンン」

その下方でひくつく小さな穴をこじるようにグリグリと舌でやれば、真由子は押さえつけた手の下でくぐもったよがり声をこぼし、激しくかぶりをふって栗色の髪をふり乱す。

「やめて。やめてぇ。んぷぷぷぷっ」

「はぁはぁ……そ、そんなこと言ったって、真由子さん。こんなに濡れているんですよ。わかりますか、ほら。ほら。んっんっ……」

恥じらい、いやがる真由子のことがかわいくてたまらなくなりながら、晴紀はなおも熟女の抵抗を封じた。

ひくつく膣穴を舌先で、しつこく何度もグリグリとこじる。

「んっぷぷぷぷぅ」

「おわわっ」

——ブシュッ！　ブシュブシュッ！

「ああ、すごい……」

やはりこの人は、とんでもなく好色だとあらためて恍惚とした。

クンニリングスを始めてまだいくらも経っていない。

それなのに、真由子の膣穴は早くも妖艶に反応し、責め立てる晴紀の舌に応えるかのように、水鉄砲なみの潮の飛沫を噴きださせる。

「い、いやあ、見ないで、晴紀くん。どうして来たの。こんなところに来ちゃだめなのに。だめ、だめだめぇ」

潮を飛びちらせる膣穴はなおもいやらしく開閉し、潮の残滓を泡立てながら分泌させた。

媚肉はそんな動きのせいで、ニチャ、グチョ、グヂュチョと下品な汁音をひびかせているというのに、当の真由子は恥じらって、涙目になって訴える。

いや、この人が泣いていたのは自分がこんなことをする前からだったと晴紀は思いだした。

気持ちいい、気持ちいいと歓喜にむせび泣きながら、シャワーのお湯をおのれの股間に浴びせかけていた浅ましい姿が鮮烈によみがえる。

「そんなことを言って……真由子さん、俺だって寂しかった。こんなことをしたかった。もう無理だよ。引き返せない。帰れない。ねえ、真由子さんだって本当はそうなんでしょ。んっんっんっ」

「ヒイィ。ヒイィン」

責めの矛先をワレメからクリ豆に変えた。ビンビンに勃起したクリトリスが肉皮からずるりと剝け、ルビーのような肉実をまるだしにしている。

淫核にも蜂蜜のような汁がねっとりとまぶされていた。

晴紀は昂りを覚えつつ、れろれろと舌で牝芽をはじき、膣穴に指を挿入して、入口付近をしつこくなぞる。

……グチョッ。ネチョ、グチョ。

「んっあああ。むぶう、むぶう。ああ、どうしよう……そんなことをされたらどうしたって……私……私……むぶう、んっぷぷぷっ」

真由子はなおも背すじをたわめ、天をあおいで哀切なよがり声をあげた。両手で口を押さえているせいで声はくぐもり、凄艶なひびきを帯びている。

熟女はまったく意図していなかったが、そんなポーズのせいで両手が乳房をふにゅりとひしゃげさせていた。

ふたつのおっぱいがいびつにひしゃげ、それぞれの乳首を変な角度に向けてふるえている。

乳首は狂おしいほど勃起して長くなっていた。

キュッと締まった長い乳首を見るだけで、晴紀の股間で男根がししおどしのように上下に揺れる。

「や、やめて、晴紀くん。お願い、やめてぇぇ」

「大丈夫、真由子さん」

「えっ、ええっ？」

「叔父さんならぐっすり眠っている。いっぱい感じて。そらそら。んっ……」

……ピチャピチャピチャ。

「んあああ……んっぷぷぷぅっ」

艶めかしくしこり勃つ淫核を、右へ左へ、上へ下へと舌ではじいては擦りたおした。そうしながらもう少し奥まで膣内に指を挿れ、牝ヒダのぬめりを残さずすくい取るような動きで、指の腹を凹凸に擦りつける。

「んぐう、んぐう、んぐう。どうしよう、どうしよう。困る、困る困る。んぐぅ」

凶悪なまでに高感度な性感帯を舌と指でなぶられ、好色な女体はガクガクと淫靡な痙攣をしはじめた。

ガニ股に開いた健康的な太腿にブルブルと肉のさざ波が立つ。

両脚を踏んばって立つせいで、ふくらはぎの筋肉が盛りあがっては弛緩する、あだっぽい動きをくり返す。

「真由子さん、このお腹（なか）、たまらない」

うっとりと多幸感をあおられながら、晴紀は真由子の腹を見た。

決して太っているというわけではない。

だが、両脚を開いて踏んばるせいで、腹の肉が三段ほどにわかれてこんもりと盛りあがっている。

肉と肉との間に横一線の濃い影ができ、真由子が身体を揺らすたび、ぽっこりと飛びだしたお腹の肉が、さらに前にふくらんだり戻ったりする。

「うああ、晴紀くん」

「このお腹、好き。大好き」

晴紀はあまっていたもう一本の手を熟女の腹に伸ばし、飛びだした肉をつまんで、いとおしさいっぱいに揉む。

「いやあ。いやああ」

「いいなあ、いいなあ。真由子さん、好き」

「あああああ」

頭の芯をしびれさせながらあちこちソフトに揉めば、真由子は手で口を覆うことも忘れ、滑稽以外のなにものでもない腹肉愛撫(あいぶ)にもとり乱す。

「ふ、太っているの。お腹、出ています。恥ずかしい。そんな風にしないで」

「太ってなんかいない。からかってもいない。大好きなの、このぽっこり。このお腹も好き。ううん、真由子さんのものなら全部好き。お腹だけじゃない。全部好き。このクリ豆も。エッチなマ×コも。ねえ、もっと奥まで挿れてもいい？」

淫核、胎肉、お腹への三点責めをつづけつつ、晴紀は美熟女を見あげる。

豊満な下乳とその先端から長く伸びる乳首の眺めが、なにひとつさえぎるものもない状態ではっきりと見えた。

ふたつの乳の間から、天を向いたり左右にかぶりをふったりして悩乱する雛人形のような美貌も見える。

「だめ、奥までなんてだめ」

清楚な小顔を真っ赤に火照らせ、熟女はかぶりをふった。

「いやだ。挿れちゃう」

しかし晴紀は言うことを聞かない。しかも一本だけでなく二本もそろえ、膣奥深くまでズブズブと自分の指をえぐりこむ。

「うあああぁ」

「気持ちいいでしょ。ねえ、そうでしょ。こうされるといいでしょ。そらそらそら」

「うああ。うあああぁ」

膣壁に指の腹を押し当て、奥へ手前へと擦り立てるピストンをくり返した。

いやらしい肉体を持って生まれてしまった美女は、もはや没我の境地だ。天に向かってあごを突きあげ、なにもかも忘れた吠え声で、獣の悦びを晴紀に伝える。

「ヒイィ」

(あっ……たぶんこれ、Gスポット?)

グチョグチョと膣内をえぐるうち、ざらざらした感触の部位を見つけた。ネットで勉強した淫靡な知識が役に立っている。

「ヒイィ。ンッヒイィ」

そこを擦ると、ただでさえ激しい熟女の反応が、また一段階エスカレートした。

「おお、真由子さん。これいいでしょ? ねえ、やめてもいいの。ほら。ほらほら」

――グチョグチョグチョ! ヌチョヌチョヌチョ!

「ンッヒイィ。んっおおおおう」

Gスポットらしきところへの怒濤の責めに、真由子はもはや、いつもの彼女ではなくなった。

ズシリと低音なよがり吠えは、日ごろ慎ましい真由子とは思えないいやらしさ。もはやこれっぽっちも命じてなどいないのに、両脚をガニ股にして腰を落とし、前後に腰をしゃくって自らもぬめる膣肉を晴紀の指に擦りつける。

「おおう。おおおう。恥ずかしい。いやン、困る。おおう。おおおう」

（ああ、真由子さん）

「そらそら。ねえ、やめてもいいの。やめてもいいの？」

晴紀はクリトリスや腹の肉への愛撫をやめ、Ｇスポットへの責めに集中して真由子をなぶった。

「うおおう。おおおおう」

よほど気持ちがいいのだろう。

現実のものにしてしまってはいけない官能なのだろう。

真由子は天をあおぎ、ズシリと低音の吠え声でよがった。

いやらしくしゃくる腰の動きもさらに激しさを増し、巨大なヒップが前へうしろへとふりたくられる。

その動きのせいで、三段に分かれた腹の肉の盛りあがりかたが、さらに激しいものになった。ぽっこり、ぽっこりといやらしく前に飛びだしては、ブルブルとふるえる耽美な眺めを見せつける。

（ああ、いやらしい）

「そらそらそら。ねえ、やめてもいいの？　もうやめる」

「おおう。やめないで。やめないでえ。お願い。お願いィン」

晴紀は天にも昇る心地になった。

今夜もまた、いとしい熟女は貞操だの慎みだの、社会のルールだのをかなぐり捨て、晴紀の責めに淫らで好色な本性をさらす。

(つかまえた。もう放さない)

鼻の奥がつんとした。

遠くに去ってしまったたいせつなものが、ふたたび手中に飛びこんできたような心境になり、心の中で青年は両手をクロスさせてそれを抱きしめる。

「真由子さん、気持ちいい？　そらそらそら！」

――ヌチョヌチョヌチョ！　グチョグチョグチョ！

「ああ、気持ちいい。気持ちいいの。もう我慢できない。イッちゃうわ。イッちゃう。イッちゃうイッちゃうイッちゃう。おおお。おおおおおっ！」

――ブシュッパアァァ！

「ああ、すごい……」

ついに美貌の痴女は昇天した。ガニ股姿の全身をこわばらせ、雷にでも打たれたかのように派手に裸身をふるわせる。

熟女の膣には、なおも青年の指が埋まったままだ。

しかしそれでも潮噴き汁が、狭隘な間隙をものともせず、とんでもない勢いで何度も何度も噴きだしてくる。

4

「あう。あう、あう。あうう……」

「おっと……」

ちゅぽんと音を立てて淫肉から指を抜くと、腰が抜けたようになった人妻は、壁を伝って尻餅をつきそうになった。

晴紀は立ちあがり、真由子の腋窩に両手を入れて転倒をふせぐ。

激しいアクメのせいで、熟女はもう力が入らない。晴紀はそんな裸身を反転させ、立ちバックの体勢にさせた。

「アァン、晴紀くん」

「ねえ、これほしいでしょ、真由子さん」

挑むように突きだされたまんまるな臀肉の背後に立ち、ググッと踏んばる。

いきり勃つ肉棒を手にとった。

先走り汁を漏らす亀頭を真由子のワレメに擦りつけ「ねえ、ねえ、どうなの」と熟女をあおる。

……ぐちょ、ぐちゅる。ヌチョ。

「うあああ。あぁン、晴紀くん、晴紀ぐぅぅン」

真由子の声は、だんだんおぼつかなくなり、ところどころに濁点めいた音が混じりだした。

亀頭がもたらすとろけるような快感に耐えきれず、真由子は自らも尻をふり、より強い刺激を本能的に求めてくる。

「ああ、晴紀ぐん、晴紀グン、晴紀グン、晴紀グゥウン」

「ほしいでしょ？　ほしくないの」

「ほ、ほしい。ほしいの。挿れて、挿れでええ」

(ああ、真由子さん)

「ねえ、こう？　こう？」

――ヌプヌプヌプヌプッ！

「おおおおっ」

真由子の細い腰をつかむや、晴紀は一気呵成に腰を突きだした。

根もとまで男根をえぐりこむや、最奥の子宮が通せんぼでもするように鈴口を包んでしぼりたてる。

（わわわっ。き、気持ちいい！）

「あう、あう、あう、あうう……」

「あ……」

いやらしい子宮の感触に酔いしれている余裕はなかった。見れば、子宮に亀頭を突きさされた美熟女は、今宵二度目の絶頂に突きぬけている。

「真由子さん、またイッちゃったの？」

「あああ……」

うしろから裸身を重ね、両手を人妻の前にまわした。とろけるようにやわらかで、豊満な乳をふたつともつかむ。もにゅもにゅとせりあげるように揉みしだく。

「あァン、晴紀くん……はぁはぁ……どうしよう、わたし……わたしぃ……」

「いいんだよ、いっぱいイッて。俺が、何度だってイカせてあげる！」

「ひはっ」

……バツン、バツン、バツン。

「うぐぅあああ。ああ、気持ちいい。気持ちいい、気持ちいい。うぐぅあああ」

汗とお湯にまみれた裸身を重ね、大きな乳を揉みながら、ヌルヌルした膣ヒダに亀頭を擦りつけた。

気持ちいいという言葉は、真由子だけのものではない。

思いはこちらもまったく同じだ。

どうやら晴紀の感度もいつも以上に上がっているらしい。

膣ヒダの凹凸とカリ首が擦れるたび、火花の散るような電撃が股間から脳天へ、さらには四肢へと突きぬける。

「真由子さん、俺も気持ちいい。ねえ、乳首も気持ちよくさせてあげるね」

「ンッヒイィ」

晴紀は熟女の乳を揉みながら、両手の指を乳首に伸ばした。

グミのような感触をした乳首は、淫靡な湿り気を感じさせる。それは、汗やお湯のせいばかりではない気が、晴紀にはした。

「いやらしい乳首。長いよね、真由子さんの乳首。大好き」

――ふにゅふにゅ、ふにゅ。

「んっおおう。晴紀くん、恥ずかしい。乳首のこと、言わない――」

「だって好きなんだもん。大好き。大好き」

「おおおう。恥ずかしい、恥ずかしい。でも感じちゃう。おおおう」

晴紀はなおも性器の擦りあいで美熟女を恍惚天国にいざないながら、長い乳首を揉みこね、ついには前方に引っぱった。

「ヒイ、伸ばさないで。ああ、感じちゃう」

「おお、すごい伸びる。いやらしいよ、ねえ、愛してるって言っていい？」

「――っ。晴紀くん」

「愛してる。ほんとに愛してる。この気持ち、どうしたらいいの。ああ、伸びる、伸びる。いやらしい」

「うあああ」

晴紀はふたつの乳首をゆっくりと、ゆっくりと、引っぱった。

ただでさえ長い乳首だったが、この眺めは尋常ではない。豊満な乳は、巨大なふたつの円錐(えんすい)さながらの形になっていた。しかもその先端から、円錐部分に負けないぐらい長い、桜色の乳首が伸張している。

「ヒイイイ。ヒイイイィ」

乳首を伸ばしたまま、卑猥な電気でも注ぎこもうとするかのように、晴紀は乳首と乳房を波打たせた。

長く伸びたおっぱいがさざ波を立て、真由子は得も言われぬ刺激に恍惚として、引きつった声をあげる。

「おおう、晴紀ぐん、晴紀ぐううん」

「愛してる。真由子さん、愛してる」

「そんなこと言わないで。ああ、気持ちいい。もっどしで。もっどしでええ」

「真由子さん、愛してる」

「どうしよう、どうしよう。おおおおお」

人には見せられない、滑稽で卑猥なまぐわい。だがセックスなんて、大なり小なり滑稽でみっともないものではないかと晴紀は思った。

みっともないからいいのである。

滑稽だからこそ神聖なのだ。

人を恋い慕う気持ちを形にしようとするといつだって滑稽で、だからこそいつだってそれは尊い。

それこそが、人間なのではないだろうか。

「ああ、真由子さん、もうだめだ。俺イッちゃうよう」

「えっ。はひぃ。んっはははぁ」

——パンパンパン！　バツン、バツン、バツン！

もはや晴紀は我慢の限界だった。

狂ったように腰をふり、ペニスの動きにラストスパートをかける。

カリ首と膣ヒダが窮屈に擦れ、今にも腰が抜けそうになる。口の中いっぱいに唾液が湧き、ひと抜きごと、ひと挿しごとに爆発衝動が高まってくる。

（もうだめだ！）

「うああ。あああ。あっあああ。晴紀ぐん、晴紀ぐぅン、晴紀グゥゥン」

熟女のヒップと晴紀の股間がぶつかりあう部分から、湿った爆ぜ音がひびいた。前へうしろへと熟れた身体を揺さぶられ、真由子は気が違ったような声をあげる。

牛の乳のように垂れた乳がブルン、ブルンと重たげに揺れ、乳同士を打ちつけあう。

シャワーヘッドから噴きだすお湯が、下からふたりを噴水のようにたたいて濡らす。

「おおお。いいの。いいの。気持ちいい。イッちゃうわ。ああ、イッちゃう。イッちゃうイッぢゃうイッぢゃうイッぢゃう。うあああ」

「おお、出る……」

晴紀は陰茎を牝獣の膣に根もとまで

「うおおう。おっおおおおっ!!」

――どぴゅどぴゅっ！　どぴゅどぴゅどぴゅどぴゅ！

（ああ……）

オルガスムスの電撃が、二匹の獣を貫通した。晴紀は陰茎を牝獣の膣に根もとまで埋め、射精の悦びに溺れる。

「おう。おおう。おう、おう」

真由子は派手に痙攣していた。

痙攣しながら無様にも思える声をあげ、この世の天国で歓喜にふるえる。

密着した背中は汗とお湯にまみれ、驚くほど熱かった。

晴紀は目を閉じ、背後から熟女をかき抱いて、その子宮に容赦なく精液をたたきつける。

（気持ちいい）

天に向かって突きぬけていくような感覚は、真由子との一度目のときよりさらに激甚だ。なにもかもから解放されたような快さとともに、なおも陰茎を脈打たせ、あらんかぎりのザーメンをいとしい人の腹の底に注ぎこむ。

「おう。おう……ああ……すごい……いっぱい……いっぱい……精液……温かい、精液……ハアァン……」

「真由子さん……」

真由子はあだっぽく女体をふるわせつつ、とろけるような声で精液の感触を晴紀に伝えた。

自分を抱きすくめる晴紀の腕を指でつかみ、言葉にはできない想いを訴えるかのように力を入れる。

「ああ、真由子さん——」

——ガタッ。

（えっ）

そのときだった。

いきなり不審な音がする。

晴紀はギクッとし、反射的にそちらを見た。

浴室の入口のほうである。

「ヒイィ」

真由子の喉から同時に漏れたのは、息を呑む悲愴（ひそう）な声。熟女もまた不意の物音に驚いて、晴紀と同じほうを見たようだ。

「い、いやあああ」

次の瞬間、真由子は絶望の悲鳴をあげた。

(最悪だ)

晴紀も暗澹たる思いでその人を見る。

真由子の膣の中で、みるみる陰茎がしおれはじめた。

第六章　世にも美しい痴女

1

「いったい、どういうことなの……」

真由子は夫の考えがわからないまま、服を脱ぎ、裸になった。宿のタオル一枚だけを持ち、脱衣所のドアを開けて外に出る。

想像以上に豪華な露天風呂がそこにあった。

鼻をつくイオウの臭(にお)いは、まさに温泉ならでは。夕暮れの空は少しずつ茜色をにじませはじめている。

日没までにはまだ時間がある。露天の風呂場には、もうもうと白い湯けむりが立ちこめている。

大小とりどりの岩をたくみに組みあわせてしつらえた、豪奢な岩風呂。ひょうたんのような形をした湯船は思いのほか広く、おとなが三人入っても窮屈さを感じさせないほど贅沢な造りだ。

しかも岩風呂の背後には、小さくはあるもののしっかりとした造りの日本庭園まである。

こんな露天風呂が部屋に貸切でついているだなんて、いったい夫はこの宿にいくらかけたのだろう。

「全然、わからない」

夫婦のはずなのに、今回ばかりは悟の考えていることが、真由子にはまったくわからなかった。

皆目ちんぷんかんぷんながらも、真由子は夫に誘われ、この人里離れた隠れ家のような旅館までやってきた。

真由子たち夫婦の家がある街から、車で二時間ほどの距離。

のどかな里山の奥にある宿は、客室それぞれが独立した離れのような造りになっていて、ほかの部屋と隔絶されている。

緑豊かな森の中に宿はあり、夕飯は食事処のある本館でとることになっていた。
十二畳の和室と、大きなベッドがふたつ置かれた和風の寝室に、トイレと露天風呂。
周囲にあるのは深い木々の緑だけで、聞こえてくるのは風が木の葉をざわつかせる音ぐらいだ。

「ふう……」

洗い場で桶（おけ）を使い、肩からお湯をかけた。身を浄めると、タオルで前を隠し、湯船に向かう。

そっとお湯に手を入れてたしかめた。

ちょうどいい湯加減である。真由子は内股気味の挙措で、ゆっくりと湯船に身体を沈める。

「ああ……」

肩までつかると、自然にため息が出た。

お湯から出たまるい肩にもお湯を浴びせ、天をあおいでもう一度、さらに深々とため息をつく。

「晴紀くん」

想ってはいけない青年のことを、真由子はまたもこっそりと想った。

バスルームでの禁忌なまぐわいを夫に見つかってから、すでに半月。

あの夜の翌日、気の毒な青年は石もて追われるかのように夫から追放されて、家を出ていった。

それ以来、晴紀とは会ってもいなければ、連絡もとっていない。

晴紀を家に迎えてから、連絡用にと交換した電話番号やチャットアプリのＩＤなども、すべて夫の手で消されていた。

もちろん真由子は夫のそんな強硬手段に、なにひとつ文句も言えずにしたがった。

文句など、言えるはずがないではないか。

「最低の女……」

思いだすたび罪深さがよみがえるあの夜のことを、またも真由子は脳裏によみがえらせた。

自分という女の業の深さにやりきれなさを覚えながら……。

あの夜。

浴室で妻と甥のショッキングな裏切りを目にした夫は、すぐさま甥を鉄拳で制裁し、風呂場から引きずりだした。

真由子には手こそ挙げはしなかったものの、まなじりをつりあげ「早く出ろ。部屋に戻れ」と怒鳴り、晴紀の手を引っぱって、甥とふたりきりになれる部屋に移動した。

晴紀と夫がどんな話をしたのか、真由子は知らない。

だがその翌日、晴紀が荷物を整理して逃げるように家を出ていった事実を思えば、想像はついた。

悟は、真由子にはなにも語らなかった。

不機嫌な日々はくり返され、とりつく島もないほどの状態は長いことつづいたが、殴られたり怒られたりすることがなかったのはもちろん、晴紀のことを話題にすることすら、夫はしなかった。

ただし真由子には、晴紀ひとりを悪者にする気はまったくなかった。最大の悪党は自分だと、誰に言われるまでもなくわかっている。

離婚してほしいと、こちらから何度も夫に言った。

話しあいの場を持ちたいと訴えた。

このままなにもなかったように暮らしていけるわけがない。しっかりと責任をとらなければ、晴紀にも葵にも申し訳が立たなかった。

そもそも自分が悟と添いとげたこと自体、まちがいだったのだ。自分のような女が、誰かといっしょに暮らしてはならない。

だが悟は「しばらく考えさせてくれ。話はそれからだ」と言うばかりで、まともに対話をしようとはしなかった。

真由子は罪の意識に苦しみながら、多くを語らず黙りこむ夫とのふたり暮らしを強いられ、今までとは違う生き地獄を味わった。

そんな悟が、ついに行動に出たのである。

――宿をとった。出かけよう。真由子に話したいことがある。

夫はいきなりそう言って、真由子を旅行に誘った。

そして真由子はそんな悟にふりまわされるかたちで、わけもわからず彼の運転する車に同乗し、今日この宿に来たのであった。

――とりあえず、ひと風呂浴びていろよ。俺は、夕飯のことでちょっとフロントに行ってくる。

悟は真由子にそう言い残し、チェックインをしてほどなく彼女の前から消えた。

真由子はしかたなく、夫に命じられたとおり露天風呂につかり、これからの展開に思いをはせて憂鬱な気持ちになった。

「離婚、よね。やっぱり……」

なにがしかのかたちで夫の決意が固まったことはまちがいがない。

悟はわざわざそれを伝え、夫婦で話しあうために、気分を変えて真由子をこの宿に誘ったのであろう。

常識的に考えるならこのまま悟の妻として、あるいは葵の母親として生きていけるとは思っていなかった。

もちろん、悟が嫌いになったわけではない。

だが自分は悟を裏切り、ほかの男に身をまかせてしまった身。離婚を言いわたされるのが当然である。それどころか慰謝料を請求される可能性だってある。

仲がいいとは言いがたいが、自力でＩＴ企業を起業し、今ではそこそこいい暮らしをしている実兄に泣きつくしかないかもしれないと、重苦しい気持ちで真由子は思う。

両親にだけは迷惑をかけたくなかった。

「ごめんね、晴紀くん……」

ため息をつきながら、またしても思いだしたのは晴紀のことだ。

夫に殴られて吹っ飛んだあの夜の青年を思いだすと、申し訳なさに胸を締めつけられる思いがする。

会いたかった。

そんなことを思っていい立場では決してないが、やはりそれが本音である。

ただし、悟に暇を言いわたされたからといって、晴紀とどうにかなりたいなどとは思っていない。自分にはそんな権利は微塵もない。晴紀にはもっと年齢相応で、似合いの女性がいつか必ず現れるだろう。

だがそう思うにもかかわらず、晴紀の笑顔を思いだすと甘酸っぱい気持ちが高まる。自分のような女を「大好き、大好き」と何度も言ってくれたかわいい若者に、せめて礼が言いたかった。

「ばか、思いだしちゃだめ……」

いけない自分を、真由子は叱った。

いとしい青年の思い出は、いつだって灼熱の情事のオマケつきだ。

たくましい牡（おす）の猛りに女体をえぐられ、なにもかも忘れさせてもらった二回の夜を思いだし、つい子宮をうずかせる。

「ああ、ばか……わたしのばか……えっ」

そのときだ。

脱衣場とつながるドアが、小さな音を立てて開いた。

（さ、悟さん？）

意外な気持ちで真由子はふり返る。

晴紀との一件以来、悟は真由子と距離を空け、必要最低限のコミュニケーションしかとらなくなっていた。

ふつうに考えたら、風呂に入ってくることなどありえない。

「――えっ」

真由子はフリーズした。

目を見ひらいたまま、身も心も固まる。

私はどうにかしてしまったのだろうかと、両目をしばたたかせた。夕闇が少しずつ濃くなりだした洗い場に立つのは晴紀に見える。

(まさか)

そんなことがあるはずはない。

だが、そこにいるのは夫の悟とは明らかに違う。

頭がおかしくなり、幻でも見ているのかしらと、真由子はさらに何度も両目をパチクリとさせた。

そうだ、幻に決まっている。

どうして晴紀がこんなところに立っているのだ。

しかも裸で。

「真由子さん」

「えっ、ええっ？」

真由子は仰天した。

わけがわからず、パニックになる。

幻でもなんでもないらしい。晴紀らしい青年は、聞きなれたいつものかわいい声で真由子を呼び、大股でこちらに近づいてくる。

「えっ……えっえっ、ちょ、晴紀く——きゃあぁ」

うろたえた真由子の声が悲鳴に変わった。晴紀がお湯の飛沫を飛びちらせ、かたわらに飛びこんできたのである。

「きゃあぁ。ちょ……晴紀くん」

「ああ、真由子さん、会いたかった。ねえ、会いたかったよう」

「あああ」

湯船に身を沈めた晴紀は大胆に抱きついた。

真由子は驚いて身をすくめるも、晴紀はそんな熟女を抱擁し、ちゅっちゅっと熱烈に頬に接吻する。

「ちょ、ちょっと、晴紀くん、待って。ねえ、待って。いったい——」

「つづけなさい、真由子」

（えっ）

真由子は身をよじって晴紀の求めを拒んだ。

すると、晴紀とは別の声が上から降ってくる。

「……えっ、ええっ？」

そちらを見た真由子は声をあげた。

なんなのだ、今日は。いったい全体、なにがどうなっているのだ。今度は夫の悟が、宿の浴衣姿で湯船の近くに立っていた。

「あなた」

「つづけなさい。晴紀、ほら」

「うん。ああ、真由子さん」

悟は甥にあごをしゃくった。

晴紀はそれに応じてうなずくと、叔父が自分たちを見おろしているというのに、さらに真由子に抱きついて――。

「きゃあああ。ちょ……晴紀くん」

真由子のおっぱいを片手で鷲づかみにした。

「真由子さん、ああ、揉みたかった。このおっぱい、もう一度揉みたかった。こんな風に……」

……もにゅもにゅ。もにゅ、もにゅ。

「いやあ……晴紀くん、なにをしているの。あの人が――」

「俺のことなら気にしないでいいぞ、真由子」

あわてる妻を制して、悟は鷹揚に言った。

しかも――。

「と言うか、俺のことを気にかけてくれるんなら、どんどんいやらしくなってくれ。この間の夜みたいに」

「は、はあ?」

真由子の言葉に、夫はとんでもないことを言う。

理解不能な展開に、悟の顔を見つめなおした。目を白黒させるというのは、こういうことを言うのではないだろうか。

「ああ、真由子さん」

……スリッ。

「きゃハァン」

だが、晴紀はどこまでもマイペースだ。こんな状況だというのに歯牙にもかけず、なんと真由子の乳首を擦って倒す。

そしてこんな状況だというのに、真由子の悪魔の肉体もまた、夫の存在など歯牙にもかけず、やはり過敏に反応する。

「ちょ、ちょっと、晴紀く……きゃあぁ」

……スリッ、スリスリッ。

「うあああぁ」

「ああ、いやらしい。勃起してきた。真由子さんのエロくて長い乳首が……ねえ、わかる？　ほら、ほら」

「なにを言っているの。お願い、やめ……ヒイィン」

……スリスリスリッ。

(もういや、こんな身体ああ)

真由子は絶望的な気持ちになった。

どうして感じてしまうのだ。感じている場合ではないではないか。そしてこの状況はいったい全体どういうことなのだ。たしかめたいことはたくさんある。なによりもまず、説明を求めたい。

しかし、そうであるにもかかわらず、気がつけば真由子の肉体は、ふたりの男性にいじくられたり見つめられたりする中で、早くも淫らに着火していた。

（もういや。もういやあ）

「おお、いやらしいなあ、真由子」

見れば夫は湯船の縁にしゃがみこみ、ギラギラした目で真由子と晴紀を見つめていた。そんな悟の容赦ない視線が、責め苦の針のように心に突きささる。

「見ないで、あなた、お願い。こんな私を見ないで」

「だめだ、見せてくれ。俺は、お前のこんな姿を見るためにここまで来たんだ」

哀訴する真由子に、かぶりをふって夫は答えた。

「なんですって」

真由子は愕然として、悟を見た。

「説明しよう」

悟は言った。

おもむろに立ちあがり、浴衣の帯をとく。帯を放ると浴衣を左右に開いた。悟は浴衣の下にはなにもつけていなかった。

久しぶりに見た夫の一物が、力なく股間でふりこのように揺れた。

真由子はあわてて目をそむける。

（……えっ）

だが、違和感があった。

何度も目にしたはずの陰茎なのに、久しぶりに目にしたそれは、なんだか以前のそれより——。

「あ、あなた」

「言っただろう。説明する」

力なくしおれたペニスをなおも揺らしながら悟はうなずいた。

「全部……全部、お前に説明する」

2

（それにしても、すごいシチュエーションだな）

晴紀は真由子の巨乳をグニグニと揉みながら、淫靡な昂りを覚えていた。

だが、真由子の驚きは晴紀の比ではないはずだ。今日この日が来るまで、なにも知らずに地獄の中を生きてきたのだから。

バスルームで不貞を見つかったあの夜、晴紀は容赦なく悟から殴られた。もうすべて終わりだと覚悟を決めた。

叔父は悟を連れ、ふだんは使っていない一階の客室に入った。なにをされても文句は言えないと、晴紀は叔父に言われるがまま、そこで彼と対した。

ところが、叔父が口にした言葉はあまりにも意外なものだった。

——興奮したぞ、晴紀。

悟は声をひそめ、晴紀に向かって身を乗りだしながら昂った様子で言った。

そして、きょとんとする甥に向かい、思いの丈をぶちまけるかのようにして、悟は語ったのであった。

自分はＥＤだ。

おそらくくわしいことは、すでに真由子から聞いているだろう。医者に通って治療を受けたが、肉体的な疾患ではなく心因的なものだと言われた。

だが、心因的なものと言われてもどうしていいのかわからない。人には言えないさまざまな努力をして治そうとしたが、思うようにはいかなかった。

真由子ほどの美しい後妻をめとっても、症状は変わらなかった。

口ではともかく、心中では一抹の期待とともに迎えた新妻だったが、それでもＥＤ

を克服することはできなかった。

もうほとんど、あきらめかけていた。

ところがそうなると、不憫でならないのは真由子のことだ。

ふと深夜に目覚めると、声を殺してオナニーをしている妻が隣にいて、懺悔したい気持ちになったこともある。

またその乱れぶりから、もしかして妻は自分が思っている以上に性欲が強く、今のこの暮らしは思っていた以上に地獄の日々なのではないかということにも気がついた。

そんな頭をかきむしりたくなるような日々のなか、悟は晴紀を家族として迎え、いっしょに暮らすようになった。

そして、運命の夜が来た。

目が覚めてみると、一階から獣のような声が聞こえてくる。ベッドに妻の姿はなかった。

すぐに状況を察した。

部屋から飛びだし、晴紀もまた貸し与えた部屋にいないことを知って、悟の絶望とパニック、怒りは頂点に達した。

階段を下り、浴室に怒鳴りこもうとした。

ところが、そこで思いがけないことが起きた。

曇りガラス越しに聞こえてくる愛妻の、聞いたこともないいやらしい声に、どんながんばってもピクリともしなかった股間の一物がピクンと反応したのである。

悟は驚き、みじめな状況の中で自分の身体の反応を追った。

悲しいことはまちがいない。怒りにかられていることもまぎれもない事実。しかしそれでもそれらの感情とは別に、思いがけない感覚が自分の内に生まれていた。

心臓がバクバクと激しく打ち鳴った。

すぐそこで淫らな獣と化している妻に、驚きや怒りとともに、今まで感じたこともないエロスを感じた。

寝取られ男の悲哀は、自分でも驚くほどの高揚感を悟に与えた。

怒鳴りこむつもりが、気づけばアコーディオンドアを細めに開ける、出歯亀男へと落としていた。

目にした光景はショッキングで、なおかつ官能的だった。いつも慎ましくて奥ゆかしく、柔和に微笑む清楚な妻が、別人のようになっている。

歳の離れた若者と乳くりあっているさまにも劣情を刺激された。目にしたのが自分と同世代の男やもっと年長者だったら、覚える感情にはまた別のものがあったかもしれない。

悟は興奮した。

たいせつな妻を寝取られることが、これほどまでにエロチックな高揚感をもたらす事実を初めて知った。

やはり身体には変化が起きていた。

どんなにがんばっても賞味期限切れの明太子のようだった肉棒に、ムクムクと血液が流れこみ、勃起への予兆めいた感覚が生まれている。

悟はよけいに昂った。

気づけば片手でおのが息子を刺激しながら、愛妻と甥のまぐわいを盗み見た。残念ながら勃起にまでは至らなかったが、悟は確信した。

このペニスは、まちがいなく休火山にすぎないと。

自分が見ていることをふたりに知られた悟は、とっさに機転をきかして甥に一発やり、ふたりを引き離した。

だが晴紀を連れて客室に入るや、包みかくすことなく今夜自分の身に起きたことを、恥を押し殺して打ち明け、そして懇願した。

――頼む。お前が俺を裏切ったことは不問に付す。その代わり、協力してくれ。

悟はそう言って、くわしいことはあとで連絡するからと、とにもかくにも晴紀を妻から隔離した。

そうすることで、自分が怒っていると真由子に思わせるためだ。

晴紀はビジネスホテルで寝泊まりするための資金を叔父から提供してもらい、そこから大学に通った。

やがて、ようやく連絡があった叔父から告げられたのが、今回の旅行の計画だ。

――真由子のことはだまして連れだす。お前は別行動で旅館に向かい、出番が来たらもう一度遠慮なく、あいつを犯してくれ。俺のチ×ポを勃起させるために。

驚天動地としか言いようのない叔父の奸計に、晴紀は腰を抜かしそうになった。

しかしバスルームで真由子を犯した夜から、運命はすでに決まっていたのではないかという気も同時にする。

真由子をだますのは気が引けたが、これも人助けだと思うことで自分を納得させた。

なによりも、叔父のおかげで真由子との不貞を大ごとにされずにすんだだけでなく、もう一度いとしい人と抱きあうことまでできる。

晴紀にとってはできすぎだった。

こうして晴紀は、叔父たちとは別行動でここまで来た。

そして叔父から命じられ、今こうして、またしても痴女の長い乳首をクニュクニュと指で揉んでもてあそぶ。

「――というわけさ」

ちょうど叔父は、事ここに至る事情を妻に説明し終えた。

「アァン、晴紀くん、そんな……ああ、そんなことをしないで。ひはっ。んっはぁ」

真由子は夫の話にようやく得心しはしたが、その好色な肉体はすでに理性の呪縛から解きはなたれだしていた。

言いたいことはあるだろう。

また、夫の気持ちをわかりはしたものの、こんな状況に身を置くことは、まったくもって本意ではないだろう。

ところがそんな人妻の思いとは裏腹に、今日もまた熟女の肉体は、魔性の性感を露にしはじめた。

すぐそこで、全裸の夫が肉棒をいじくりながら鑑賞しているありえないシチュエーション。それなのに、熟れた女体は晴紀の愛撫に敏感に反応し、またしても貪欲な好色ぶりをあからさまにしはじめる。

「おおお、真由子さん」

「ハアァン、揉まないで……乳首もスリスリしないでェン。あっあっあっ……」

晴紀は真由子の背後から身体をくっつけ、乳に両手をまわして、豊満な肉房をせりあげるように揉みしだいていた。

同時に指を伸ばし、車のワイパーのようにして乳首をなぶることも忘れない。

(叔父さん、あんなに興奮して)

艶めかしい声をあげはじめた痴女に股間の一物をいきり勃たせながら、晴紀は湯船の縁に片膝立ちになって座る悟を見た。

悟は晴紀に乳を揉まれる愛妻をギラギラと濡れたような視線で見つめたまま、片手で自分の一物を刺激している。叔父のペニスはまだふにゃりとしたままだが、それでも叔父は真剣になって男根をいじくった。

(叔父さん)

晴紀なりに、罪の意識もあれば思うこともいろいろとある。

真由子への想いに嘘偽りは微塵もないが、叔父のことを思えば、やはりことはそう簡単なものではないことも、あらためて痛感していた。

(真由子さん……俺たち、これが最後かもしれない)

口に出しては言わなかったが、そんな思いを胸に、晴紀は最愛の熟女に挑みかかっていた。

3

「ひはっ、アァン、だめ、困るわ、困る……あっあっ、晴紀くん、そんなことしたら私ィン……ひはっ、んっあああ」

「おお、真由子さん」

「うあああああ」

辛抱たまらず、晴紀はおっぱいのひとつにむしゃぶりついた。そのとたん、真由子はさらにとり乱した声をあげ、ビクンと裸身をふるわせる。

あわてて片手を口に当てた。

空の茜色が紫へと変わり、徐々に漆黒へと移ろいゆく時間帯。オレンジの照明が露天の空間に点り、いよいよ夜がやってきた。

「真由子さん、いやらしい。乳首、こんなに勃起させて。んっんっ……」

……ちゅうちゅう、ちゅぱ。

「んっぷぷぷぅ。んぷぷぷぷぅ」

「真由子、口なんか覆わなくていい」

人妻は口に手を当て、いやらしい声を漏らすまいとした。だが悟は身を乗りだすとそんな妻の手首をつかみ、強引に口から剝がす。

「ああ、だめ。あなた。声、出ちゃう。変な声出ちゃうの。すごく変なの。放して、放してぇ」

真由子はもうパニックだ。

柳眉を八の字にたわめ、眉間に皺をよせてかぶりをふる。明るい栗色をしたボブカットの髪が、甘い香りを放ちながら激しくふり乱された。

「変な声を出していいんだ。聞かせてくれ、真由子」

暴れる妻の手をさらに強くつかんで抵抗を封じ、悟は語気を強めた。

しかし、真由子はもう涙目だ。

「嫌われてしまう。ほんとの私を知られてしまう。そんなの耐えられない。悟さんに知られたくない」

「知りたいんだ。恥ずかしがらなくていい。愛してる、真由子。なにがあっても嫌いになんかならない。晴紀、もっとやれ」

「う、うん。ああ、真由子さん……」

……れろれろ。ねろねろねろ。

「うああ。うあああああ」

晴紀はたわわな片房をねちっこい手つきで揉みしだきながら、もう一方の乳の先に夢中になって舌を這わせた。

舌で覚える感触もまた、真由子の乳首が人並みはずれて長いことを生々しく感じさせる。

舌と戯れあう乳首の面積が大きく、舐め転がしがいがとてもある。

「うああ、あなた、恥ずかしい。どうしよう、どうしよう。うあああああ」

真由子のパニックぶりはさらに狂おしいものになった。

はじけでる声を押さえつけたくても片手は夫につかまれ、もう片方は晴紀が抱きかかえて使えなくしている。

死ぬまで隠しておきたかった恥ずかしい性癖をさらさなければならない心境は、いかばかりだろう。

「恥ずかしがらなくていい。興奮するよ、真由子。なあ、もっと興奮させてくれ」

悟は訴えるように真由子に言った。

しかし真由子は、とうとう号泣しはじめる。

「恥ずかしい。嫌いにならないで。軽蔑しないで、お願い。あうう。あううう」

「泣かないで、真由子。嫌いになんかなるもんか。愛してる。愛してる」

「あああう。あああう。こんな身体嫌い。大嫌い。死にたいイィ。あああう。あああう。あああおおおおお」

「はぁはぁ……真由子さん」

泣きながら恥じらうおとなの女性に晴紀は興奮した。なおも勃起乳首を執拗に舐めたり転がしたりしつつ、いきなり片手を人妻の股間にくぐらせる。

真由子の反応は激甚なもの。本気で泣きじゃくっているのに、その泣き声を途中から獣の声に変え、お湯の中で激しく暴れる。

だが、それも無理はない。

本人が忌みきらう好色な肉体は、早くも淫らにとろけだしていた。淫肉に指を這わせた晴紀にはよくわかる。

熟女の恥裂は、まさに熟柿を思わせる。粘膜は温泉のお湯とは違う、粘つくようなとろみに満ちている。ちょっと力を入れただけで粘膜が形くずれし、どこまでも指が沈んでしまいそうなふやけぶりである。

「ああ、真由子さん、オマ×コもうこんなだよ。ほら、指、入っちゃう」

……ヌプヌプヌプゥ。

「うあああ。いやあ、晴紀くん、挿れないで。困る、困る困る。そんなことをされたら——」

「動かしちゃおっと。そらそらそら」

「あああ。だめだめだめえ。ああ、どうしよう。あなた、見ないで。あなた、恥ずかしい。うああ。うあああああ」

……グチョグチョグチョ！　グチョネチョネチョ！

「おおお、真由子……」

「くっ、真由子さん！」

「あああああ」

夫に恥じらう真由子の姿に、晴紀はジェラシーにかられたのかもしれない。いやがる熟女をものともせず、二本の指を今日も秘唇に挿入すると、前へうしろへ、前へうしろへと、ぬめるヒダヒダをサディスティックにかきむしる。

すでに真由子の胎肉の中は、とろとろにぬかるんでいた。羞恥にかられる気持ちに嘘はないだろう。だがそんな女性らしい慎みとは裏腹に、治外法権な女体には今夜も暴走のスイッチが入った。

「おお、真由子さん、はぁはぁ……オマ×コほじると、奥からどんどん蜜があふれだしてくる。ねえ、わかる？　そらそらそら」

――ネチョ！　グチョグチョ！　グチョグチョグチョ！

「うああ。だめ。やめて、やめてぇえ。あなた、見ないで。どうしよう、どうしよう。いやン、感じちゃう。ああ、感じる。感じる、感じる。うおおおおう」

「おお、真由子、いいぞ。それでいいんだ。感じてくれ。はぁはぁはぁ」

なおも愛妻の手首をつかんで拘束しながら、悟はさらに両目をギラつかせ、よがり狂う妻に息づまる思いにかられる。

片手でしなびた陰茎をつかみ、しこしことしごきだしてもいる。

（叔父さん）

真由子を責め立てながら晴紀はもしやと思った。叔父の股間の一物は、もしかしたらいくらか力を持ってきてはいないだろうか。

「おお、真由子……はぁはぁ……そのままだ。そのまま、いやらしいお前を見せてくれ。もしかしたら俺……勃ってきたかも！」

「アァン、晴紀くん、晴紀くん、イッちゃう。イッちゃうううっ」

今悟は、きわめて重要な告白をした。晴紀はやはりと思い、わがことのようにうれしくなる。

だが、肝腎の真由子はもはや理性を白濁させていた。

Gスポットをえぐるような青年の責めに狂乱し、いつしか自ら股さえ開いて、晴紀が腕を動かしやすいようにしている。

(ああ、いやらしい！)

「真由子さん、イッて。好きなだけイッて。ほんとの真由子さん、叔父さんに見せちゃいなよ。そらそらそら」

「おおお。うおおおおう」

晴紀は叔父とアイコンタクトをとり、真由子を頂点に誘おうとした。

怒濤の勢いで指を抜き挿しし、Gスポットのザラザラをすりつぶすように擦っては、真由子からよがり吠えをもぎ取る。

――グチョグチョ！　グチョグチョグチョ！　グチョグチョグチョ！

「おおお。おおおおお。気持ちいい。イッちゃう。イッちゃうイッちゃうイッちゃうイッちゃう。おっおおおおっ!!」

……ビクン、ビクン。

「真由子さん……」

「おお、真由子……」

ふたりの男の見守る中で、ついに人妻は絶頂に突きぬけた。

晴紀からも悟からも手を放され、自由になった肉体を思いのままに痙攣させる。女だけが行ける——いや、痴女だけが行ける天国で、白目を剝いて酩酊（めいてい）する。

「はう……はうう……ああ、どうしよう……イッちゃった……だめ、なのに……イッちゃった……はあぁ……」

まるで溺れでもするかのように湯の飛沫を跳ねあげて暴れ、真由子はめくるめく快美感を堪能（たんのう）した。

重たげにはずむ乳がお湯から飛びだしては湯のおもてをたたき、さらに大量のしぶきが上がる。

「も、もうだめ……あなた……嫌いにならないで……私、ほんとにもうだめ……」

「真由子……」

なおも痙攣をしながら、涙声で真由子は言った。

紅潮した和風の美貌がなんとも色っぽい。形のいい鼻翼をひくつかせ、一重の両目を揺らめかせて夫を見る。

「もう我慢できない。我慢できないの。私を許して……セックスがしたい。この子に抱かれておかしくなりたい」

4

「ほら、真由子さん、来て。ガニ股になって腰を落として」

三人は、客室に移動していた。

自分たちで布団を敷き、早くも二回戦に突入している。晴紀は布団にあお向けになり、両手を広げて人妻を誘った。

「ハアァン、晴紀くん……」

真由子はすでに、晴紀に命じられて彼にまたがっている。

風呂場から移動するときも、もはやひとりでは動けなかった。強烈な性欲で全身がしびれ、コントロールできなくなっていた。美貌の痴女は夫と晴紀に支えられ、脚をもつれさせてここまで来た。

「さあ、来て。ガニ股になって、オマ×コを俺の顔に押しつけて」

「ああ、そんな。そんなそんな」

「ほら、早く」

「うあああ」

いつもの真由子なら、なにがあろうと同意などしないはず。だが今夜の真由子は、完全にスイッチが入ってしまっている。夫の存在を気にはしつつも、もしかしたらそれすらも強烈な媚薬(びやく)になっている。

「ハアァン……」

「うおお……」

あられもない大股開きになった。健康的な太腿がぷるんと肉をふるわせ、ふくらはぎの筋肉が艶めかしく盛りあがる。

「いやン、いやン。ああ……」

美貌を赤らめて恥じらいながらも、真由子は腰を落とした。

黒い殻から姿をのぞかせるウニにも似た女の局部が、もっちりした太腿や大福餅を思わせるヴィーナスの丘を道連れに、晴紀の顔面に急接近する。

「おお、真由子さ——んっぷぷぷぅ」

「アッハアァン。晴紀くん、んっあああ」

(ああ、私ったら。もうだめ。我慢できないの。我慢できないンン)

自ら晴紀の顔に膣肉を擦りつけながら、真由子は心で艶めかしい声をあげた。

なんと下品なふるまいであろう。

いい歳をした女が脚をガニ股に広げ、ひとまわりも歳の離れた男の子の顔に、自分のもっとも恥ずかしい部分を押しつけ、そして——。

「うああ。うあああああ」

カクカクと腰を前後にしゃくり、めかぶの汁にまみれたような肉貝を青年の顔に擦りつける。

いつだって、発情してしまうとどこか壊れたようになってしまう女陰だった。

だが、今夜の壊れかたははけたはずれだ。

ぬめりに満ちた濃密な愛液を休むことなく分泌させ、ずっと子宮をジンジンとうずかせ、ペニスへの渇望を訴えている。

「なんとかして。晴紀くん、この身体をなんとかして。あああああ」

「ぷはっ、真由子さん……」

「おお、真由子……お前がこんないやらしい女だったなんて、最高だよ」

かたわらから腰を落として愛妻を見つめ、歓喜に声をふるわせて悟が言う。

「あぁン、あなた……あっあっ、どうしよう、恥ずかしい……んはあ、うっあああ。

ごめんなさい、感じちゃうの。ねえ、いいの？　このままこの子と……この子と」

「いいんだ。ああ、いいんだよ、真由子。なあ、見てくれ。少しだけど、血が集まってきている」

夫はずっと、自分の手でペニスを刺激している。

赤黒く火照った顔に歓喜の表情を浮かべながら、悟は股間を誇示する。

「ハアァン、あなた……」

真由子は夫に示されたものを見て、思わず彼を呼んだ。

相変わらず、完全な興奮状態にはほど遠い男根。

だが、真由子にはわかる。

夫の言うとおりだ。ピクリとも言わなかったはずのペニスが、明らかに獰猛なエネルギーを宿しだしているのが感じられる。

エネルギーの通り道がうまく開かず、いまだうまくは勃っていない。

だが、どこかが断線してしまっているのかもしれないと感じられた肉棒には、これまで見たこともなかったような精気が感じられる。

「いいのね、エッチになってもいいのね」

あとになって恥ずかしくなったり、後悔したりするだろうことはわかっている。しかし今夜の熟女は、もういつもの桐浦真由子ではいられない。

「いいとも。もっとやってくれ。俺のふにゃちんに活を入れてくれ」

「ああ、あなた、あなたあ、どうしよう。おかしくなっちゃう。もっともっとおかしくなっちゃう。うああ。うあああ」

「――プハッ。おお、真由子さん……」

「うああ。うあああああ」

ぬめる秘割れと晴紀の鼻が擦れるたび、腰の抜けそうな快美感がひらめいた。

真由子はあまりの気持ちよさに溶けてしまいそうな心地になりながら、片手を股間に伸ばし、クリトリスを愛撫しはじめる。

……にちゃにちゃ。ネチョネチョ。

「うわあ、真由子さん、エ、エロい」

「おお、真由子……」

「恥ずかしい。恥ずかしいの。でも、我慢できない。お願い、許して、あなた。晴紀くん、感じちゃう。私、いっぱい感じちゃう。ああン、あンあンあン」

「最高だよ、真由子さん。そらそら、んっんっ……」

……ピチャピチャ。れろん。

「アッハアァン」

魚心あれば水心ということか。

晴紀は舌を飛びださせ、真由子の媚肉を一心不乱にクンニしてくれる。

自らあやす淫核の刺激と晴紀のクンニの相乗効果で、真由子はますますとり乱し、いけない行為に身をやつす。

(最低の女。下品な女……でも、もうだめ。もうだめ。あああああ)

「うああ。あっあっ。ハアアァン」

(ああ、真由子さん、自分の手でおっぱいまで揉んで)

自分からしかけた行為ではあったが、真由子の乱れぶりは想像していた以上であった。片手でクリトリスを愛撫しながらもう一方の手で乳を鷲づかみにし、乳首を擦り倒すその姿に、晴紀はますます獰猛な性欲をつのらせる。

とろみを帯びた膣粘膜はもちろん、陰毛の茂みまでもが晴紀の顔面を快く擦った。

柑橘(かんきつ)系を思わせる甘酸っぱいアロマは、熟女の淫肉から薫るもの。

媚薬そのものとしか言いようのないエロチックなアロマに勃起をさらにいきり勃たせ、晴紀は鼻息を荒くする。

「おお、真由子さん」

「ハァァン」

もう合体せずにはいられない。このままでは、触ってすらいないのにペニスが暴発し、精子をぶちまけてしまいそうだ。

晴紀は布団から起きあがると、真由子をエスコートして四つん這いの体勢にさせる。

湯あがりの女体は、全身に淫靡な汗をにじませていた。

室内に明かりは点していなかったが、闇に慣れた目ははっきりと、艶やかな光沢を放つ熟れ女体をとらえている。

晴紀はあらためて思う。

いやらしい身体。

目にするだけで男を落ちつかなくさせる肉感的な女体は、選ばれた女だけに与えられる特別なエロスを感じさせた。

挑むように突きだされた大きなヒップは、得も言われぬまるみとやわらかそうな肉質感、完熟果実を思わせる滋味をたたえている。尻渓谷の底から姿をのぞかせる桜色のアヌスにも、ペニスをうずかせる蠱惑的なものがあった。

しかもその下につづく牝のワレメは、闇の中でもぬめぬめと淫靡にぬめり光り、なにもしていないにもかかわらず、濃厚な愛液を泡立たせながら分泌している。

尻だけを高々と上げ、上体を屈服したように突っ伏させる卑猥なポーズは、移動途中の尺取虫のようだ。

布団につぶれたおっぱいが身体からはみ出し、鏡餅のような半円を見せつける眺めにも、晴紀は牡の嗜虐心をあおられた。

「はぁはぁ。挿れるよ、真由子さん」

晴紀は真由子の背後で位置をずらし、いよいよ挿入の態勢になる。

反りかえったペニスを手にとって角度を変えた。ふくらむ亀頭をワレメに押しつけ、真由子に言う。

「アァン、い、挿れて。奥まで挿れて。全部挿れてエェ」

「おお、真由子さん、うおおおっ！」

晴紀は腰を押しだした。

——ズブッ！

「あひい」

「ぬうぅ……」

——ズブズブッ！　ヌプヌプヌプヌプッ！

「うああ。あああああ」

求められるがまま、晴紀は最奥部まで極太をねじりこんだ。子宮らしきやわらかなものが、通せんぼをするように亀頭を包みこむ。そのとたん、真由子はまたも我を忘れた咆哮をとどろかせ、布団に突っ伏した。

「真由子さん……」

晴紀はそんな真由子の背中に重なった。汗をにじませた背すじは熱く、真由子が痙攣する振動がこちらにも伝わる。

早くもアクメに達したようだ。

だがもちろん、性器の擦りあいはまだまだ始まったばかりである。

「くう、さあ、動くよ、真由子さん」

「アアァン……」

「そら。そらそらそら！」

……バツン、バツン。

「ンッヒイィ。アッヒイィ」

ふたたび熟女を獣の体位にさせるや、いよいよ晴紀は腰をふりはじめた。

くびれた腰をつかんでバランスをとり、狂ったような勢いで、膣奥深くまでバッツバッと亀頭をたたきこむ。

「ヒイィ。アッヒイィ。ああ、すごい。すごいすごいすごい。奥までとどいてる。とどいてるンン。ああ、そこ。そこそこそこ。あああ。あああああ」

膣奥の感じる部分はポルチオ性感帯だと聞いていた。つまりおそらく、自分の亀頭は真由子のポルチオを犯しているのだろうと晴紀は理解する。

「あひい。あひい。あひあひあひイィ」

「真由子さん……」

真由子の乱れかたは尋常ではない。

晴紀とつながったむちむち裸身をくなくなと絶え間なくよじらせる。

髪をふり乱し、苦しそうな息を吐いては、爪で布団をかきむしり、背すじをUの字にたわめては戻す。

「おお、真由子、いいか。マ×コいいか。はぁはぁ」

息苦しそうなのは叔父も同じだ。晴紀たちが乳くりあう布団のかたわらに膝立ちになり、ペニスをしこしことしごいている。

(ああ、叔父さん)

晴紀はたしかに見た。

叔父の肉棒は、たしかに勃起しはじめている。

まだ三分勃ちぐらいの力加減ではあるものの、かつてＥＤだと宣告された男根が、復活への端緒についたことは疑いようもない。

「ああ、あなた。あなだあああ」

かたわらから自分を見つめる夫の焦げつくような視線に、真由子はさらに燃えあがった。言葉に濁点を混じらせながら、ポルチオを犯されるマゾヒスティックな悦びに、完全に自分を失っていく。

「真由子、いいのか。マ×コいいか」

「ああああ」

「真由子！」

「あああ、マ×コいい。マ×コいい。あなだ、わたし、マ×コいいンンッ」

（真由子さん、いやらしい）

淫らな素顔をさらす清楚な美妻に、晴紀もまた燃えあがった。

今にも爆発しそうになりながら、怒濤の連打を膣奥深く送りこむ。

汗を噴きださせた尻肉になめらかな波紋が生まれる。真由子の膣からは熟柿をスリコギでつぶすような、グチュグチュ、ニヂュニヂュという汁音が高まる。

「おお、真由子、マ×コいいんだな。俺、焼きもち焼いてるぞ。お前が晴紀とセックスしてるから、俺、焼きもち焼いてる。はぁはぁ」

さらに真由子を昂らせるためかもしれないが、半分は本音だろう。叔父はそう言って、さらにペニスをしごいた。

「ああ、あなだ、そんなごど言わないあああ、気持ちいい。晴紀くん、ぎもちいい、ぎもぢいいぎもぢいいおう、おう、おおう、おおおおう」

「おお、真由子さん、もうだめだ！」

――パンパンパン！　パンパンパンパン！

「おおお。晴紀ぐんのチ×ポズボズボ来でる。ズボズボ来でる、来でる来でるおおおお。おおおおおお」

「はぁはぁ。はぁはぁはぁ」

いよいよ晴紀のピストンは最後のスパートに入った。

怒濤の抜き挿しで膣奥までえぐりこんでは、カリ首で膣ヒダをかきむしってもとに戻る。

汗みずくの女体を前へうしろへと揺さぶった。

釣鐘のように伸びた迫力たっぷりの乳が円を描いて揺れ踊る。あちらへこちらへと向いた乳首が、虚空に乱暴な線を描く。

(最高だ)

晴紀は恍惚とした。真由子の胎路は艶めかしく蠕動し、波打つ動きでペニスをしぼりこんでくる。

無数の小さな舌でペロペロと、亀頭と棹を舐められるような強烈な快さ。キーンと耳鳴りがしたかと思うと潮騒(しおさい)のような音に変わり、一気にボリュームとけたたましさを増して晴紀を呑みこもうとする。

(イクッ!)

「おおお。ぎもぢいいぎもぢいいあべばべばべばああイグイグイグっ、イグウ、イグウ、あなだべぼべぶぼほおおいぐイグイグイグイグおおおおおっ!」

「真由子、真由子おおおっ」

「真由子さん、出る……」

「おおおおっ! おおおおおおおっ!!」

——どぴゅどぴゅどぴゅ! びゅるる! どぴぴぴぴっ!

ついにオルガスムスへと、晴紀は突きぬけた。

それは、真由子のオルガスムスでもあった。

晴紀は頭をまっ白にし、全身をペニスに変える。

ドクン、ドクンと陰茎が脈動するたび、身体の中で花火がひらめき、脳髄へ、四肢のすみずみへと、淫らな快感の火花が広がる。

「おお、真由子、いやらしい。見てくれ、俺……俺……」

（叔父さん……）

射精の悦びに浸りながら、晴紀は叔父を見た。叔父のペニスは五十度ぐらいの角度まで力を持ち、何度も痙攣をくり返している。

勃ってきていた。

叔父のペニスは、確実によみがえっている。

「おおう、晴紀、ぐん……おおお……」

だが、夫の歓喜の報告も真由子にはとどいていない。

アクメとともに脳髄を白濁させたらしい美熟女は、尻だけを上げた恥辱の体位で、布団に突っ伏したまま、尻を跳ねあげて痙攣する。

「は、入って……くる……あン、はあぁン……温かい、精液……いっぱい……いっぱい……んあ……んあああ……」

「はぁはぁ……真由子さん……」

「真由子……」

晴紀は叔父とふたり、乱れた息をととのえながら世にも美しい痴女を見た。

真由子は白目を剝き、髪の生えぎわから玉のような汗を噴きださせながら、絶頂の余韻にひたっている。

すごくよかったと誉(ほ)めてくれてでもいるかのように、陰茎を締めつけたままの牝肉が、不随意に男根をしぼりこんだ。

晴紀は叔父と目を見交わす。

悟の目には涙がにじんでいた。

ありがとうという顔つきで見つめられ、晴紀は力なく微笑んだ。

心の中で、真由子に別れを告げながら……。

終章

「ああン、晴紀くん、もっど。もっどもっどおお。おおおう」

「はぁはぁ……真由子さん……」

人生とはわからない。

本当に、まったくわからない。

まさか自分の毎日がこんなことになってしまうだなんてと不思議な気持ちになりながら、今日もまた、晴紀は真由子と淫らな行為に耽っている。

しかも、夫の悟が見守る中で。

「おお、エロいぞ、真由子。見てくれ、こんなに勃ってきた……」

「ああ、あなた、チ×チン勃ってる。すごく勃ってきた。ああああ」

真由子は、六分勃ちほどにまで復活した悟のペニスに目をやり、うれしそうに喜びをともにした。

だが、熟女を貫いているのは晴紀の巨根だ。

裸エプロン姿にした真由子をキッチンのシンクの前に立たせ、立ちバックでガツガツと秘唇を犯していた。

温泉でのハレンチなまぐわいから、すでに三カ月。

晴紀はとっくに都内の新しいマンションに越し、そこで生活を始めていた。

葵はもちろん真由子とも、もうあんなことは二度とないだろうと思ってあとにした叔父の家。

だが、事態は晴紀の想像を絶する方向に転がった。

——やっぱり私、お兄ちゃんをあきらめきれない。いつか必ず、私を好きにさせてみせる。

そう宣戦布告をし、葵が通い妻のように晴紀のもとに来るようになった。

驚き、とまどい、拒んだが、美少女は惜しげもなく、晴紀の前で女子校の制服を脱ぎすてた。

晴紀は困ったことになったと思い、叔父に相談したが……。

——お前さえよければかわいがってやってくれ。もうお前は俺には子ども同然だ。

俺の子どもたちが、子ども同士で子どもを作るなんて、なんてすばらしいんだ。あはは。

そう言って、背中を押すような態度に出る。

だがその話には「ただし」という条件がついた。それが、引きつづき真由子とも乳くりあい、その現場を自分に見せてくれというものだ。

こうして晴紀は葵と叔父たち夫婦に、代わるがわるマンションを訪ねられる奇妙な日々を過ごすようになった。

知らぬは両親ばかりなり。田舎の父と母は、まさか叔父たち家族とこんなことになっているとは夢にも思わず、息子を預かってくれたお礼にと、地元の贅沢な品々をどっさりと送ってきたという話である。

おかげで息子にとっても、青春時代のいい思い出ができたはずだと。

(……青春。これが俺の青春)

「ハアァン、晴紀ぐん、晴紀ぐん、んっおお。おっおおおっ」

「はぁはぁ……真由子さん、ああ、マ×コが締まる。締まる締まる締まる」

「くっそおお。焼けるぞ、真由子。焼けるぞ、晴紀。ちっきしょう」

シンクに手をついて真由子がいやらしくよがれば、夫の悟は燃えあがる妬心を燃料に、今日もリハビリ途上の男根をしごいた。

晴紀はそんなふたりのやりとりを微笑ましく思いながら、いとしい熟女の尻を張り、さらに真由子を興奮させる。

――パッシイィン！

「うあああぁ。も、もっとたたいて。たたいてたたいて、晴紀ぐぅん。あああ」

「おお、真由子さん」

――パァアァアン！

「おおお、マ×コいい。マ×コいい。あなた、ごめんなさい。私今日もマ×コいい」

「ちっきしょおおう」

今夜も狭いワンルームマンションには、非常識なケダモノたちがいた。

青春。

これが晴紀の青春。

(まあ、なるようになるさ)

そう思いながら、晴紀は今この瞬間の悦びを、熟女の尻を張る力にこめた。

「うあああぁ」

晴紀の青春の新章は、まだ幕を開けたばかりである。

◉新人作品**大募集**◉

マドンナメイト編集部では、意欲あふれる新人作品を常時募集しております。採用された作品は、本人通知のうえ当文庫より出版されることになります。

【応募要項】 未発表作品に限る。四〇〇字詰原稿用紙換算で三〇〇枚以上四〇〇枚以内。必ず梗概をお書き添えのうえ、名前・住所・電話番号を明記してお送り下さい。なお、採否にかかわらず原稿は返却いたしません。また、電話でのお問い合せはご遠慮下さい。

【送付先】 〒一〇一‐八四〇五 東京都千代田区神田三崎町二‐一八‐一一 マドンナ社編集部 新人作品募集係

巨乳叔母を寝取ることになった童貞の僕

二〇二四年二月十日 初版発行

発行◉マドンナ社
発売◉二見書房
東京都千代田区神田三崎町二‐一八‐一一
電話 〇三‐三五一五‐二三一一(代表)
郵便振替 〇〇一七〇‐四‐二六三九

著者◉殿井穂太【とのい・ほのた】

印刷◉株式会社堀内印刷所 製本◉株式会社村上製本所 落丁・乱丁本はお取替えいたします。定価は、カバーに表示してあります。

ISBN978-4-576-23152-5 ◉ Printed in Japan ◉ ©H.Tonoi 2024